シャッター通りに陽が昇る

広谷鏡子

集英社文庫

シャッター通りに陽が昇る

亡き母　広谷雅子に

第一章

1

今週の金曜会いたいから、前よく行った「葡萄亭《ぶどうてい》」に七時、どう？　というメールが和生《かずき》から届いて、そんなことは最近珍しいのでちょっと浮き浮きして、英里子《えりこ》は「へえ？　いいよ」と返した。つきあい始めた頃、確かによく行っていた昔ながらの洋食の店だが、いつからか一風変わった創作料理みたいなメニューを出すようになってしばらく足が遠のいていた。今になって思えばそんな唐突な誘いに胸騒ぎがしてもよかったようなものだが、何も考えずに駆けつけたらいきなりそこは地雷原だった。赤ワインのグラスをかちんと合わせた直後に、和生は言ったのだ。

「ごめん、英里子さん。別れたい」

たぶん彼は話を長引かせたくなかったのだろう。そのあとに約束があったのかもしれない。英里子の反応がどうだったか、報告を待っている女との。

「英里子さんには何度も結婚しようって言った。そのたびに、もうちょっと、って言われてばかり」

続けざまに和生は言った。

「それは大げさだよ。何度も言われてないわよ。二回だけだよ」

いまさら数にこだわっても仕方ないのにと思いながら、何か口にしなければならなかった。それほど英里子はうろたえていた。

「とにかく、複数回。それで……」

「誰かと結婚する？」

三つ年下の和生のことは全然嫌いじゃない。まだ彼が総務部にいたとき、ネットのことといろいろ教えてもらっているうちに親しくなった。英里子のマンションに来て料理も作ってくれるし、煙草《たばこ》も吸わず、トイレだって座って使うから床を汚すこともない。顔も悪くないし、性格だっていいし、言うことなしだ。結婚だってそのうち、という気がなかったわけではない。ただ、面倒だった。このままでも一向によかった。けれど、和生だって三十六か。早く結婚したかったのかも。

一瞬のうちにそれだけのことを考えた。その間にも和生は返答していた。

「総務にいた森脇美和《もりわきみわ》」

なんだ。話は済んでしまった。森脇というのは去年まで総務部にいたまだ三年目くらいの、隣に座っている森下彩《もりしたあや》とかいう子と区別のつかないままに異動してしまった「普通に」かわいい女子社員で、和生の横に立たせてみると釣り合いは悪くない。でも一応質《ただ》さなくてはならないだろう、四年もつきあった、三歳年上の彼女としては。

「いつから？」

「……三か月前」

へえ、意外に最近なのか。それでもう結婚か。営業部に異動して和生と知り合ったのか。もしや、と思ったら和生はさらに先に言っていた。急いでいるのだ。やっぱりこの後会うのだ。

「子供が……できた」

「あらあら、できちゃった婚ですかい。それはそれは……」

笑ってしまいそうになった。いわゆる小娘に〝寝取られた〟というわけだ。そういえば、和生と三か月以上してないような気がする。

「ごめん、ほんとうにごめん。英里子さんのことは全然嫌いじゃないし、むしろ好きなんだけど……」

突然ぐずぐずし始める和生に腹が立ってきて、これは最後にこの男を叱るのか私は、と思っていたら、バッグの中の携帯がブルブルと震えているのに気づいた。いや先に気づいたのは英里子ではなく和生の方で、それを教えてくれたのだが。出ると母だった。英里子はごめんと言って席を立つ。金曜の夜に携帯にまでかけてくることはあまりない。店の外まで出た。

「英里ちゃん、お父ちゃんが入院してしもた」

通話が始まるなり、母は今にも死にそうな声で言った。

「え？　入院？　なんで？」

「わからん」

「わからんて。いまどこ？　病院？　労災？」

「うん、労災。なんかもう、お父ちゃん、いかんかもしれんて。英里ちゃん、どうしょう」

「え、なんでなんで？　しっかりして」

母はいつもの快活で、はつらつとした母ではなかった。この間までピンピンしていた父が急に入院して、あまり具合が良さそうではない事実に、予想以上のショックを受けているのだ。

「お母ちゃん、そのへんに先生とか、看護婦さん、おらんの？」

英里子はそう言って、なんとか看護師に替わってもらった。これまで一度も思ったことはなかったのに、父は腎不全に陥っているというのだった。娘さんですか、お母さんも少し狼狽《ろうばい》しているようなので、可能なら戻って来れますでしょうか、と彼女は言った。

今日明日にどうこうということではないが、あまり良い状態ではない、とも付け加えた。

英里子が店に戻ると、スマホでメッセージを打ち込んでいたらしい和生が目を上げた。英里子はバッグを手に取りながら言った。この時間ではもう新幹線にも間に合わないので、今帰る必要はないが、いいきっかけだった。

「ごめん、あたし帰るわ。父が入院したみたい」

和生は弾《はじ》けるように立ち上がった。花見のときだったか、両親に会わせたことがあるのを英里子は思い出した。

「大丈夫？」

心配そうに英里子の目を覗《のぞ》き込んで尋ねる。そう、優しい子なのよね、と英里子はその表情をありがたく受け止める。

「うん、ありがとう。じゃ、また連絡する。いや、もう連絡しなくていいのか」

そう言うと和生は激しく首を横に振って、

「何かあったら必ず連絡して。いや、忙しかったらいいけど。でも連絡くれたら嬉《うれ》しい」

と言った。

いい奴《やつ》だなあ。英里子はそんな思いに流されそうになる自分を振り切るように、いいよいいよという和生を無視し、ワイン代をテーブルに置いて店を出た。少しカッコ付け過ぎたような気もした。

結果的には、その夜、和生は言うべきことを早く言って良かったということになる。修羅場にならずに済んだ代わりに、祝福もしてあげられなかった。まあ仕方ないか、と英里子は思い、店の前で空車のタクシーに飛び乗った。

翌朝一番の便で英里子は故郷に向かっていた。高松《たかまつ》行きの飛行機の中では、父の入院のことよりも、どちらかというと和生のことばかりに思いが至った。昨夜は和生の前であんなことを言ったが、いまになってどんどん腹が立ってきた。つまり自分は若い女に男を奪われたのであり、年下の男は若い女に走ったというわけなのだ。結局、その程度の男だったのだ。英里子さん、年なんて全然関係ない、若い子なんかよりずっときれいだよ、なんて言ってたではないか。嘘《うそ》ばっかり。結局、若い女がいいってことなんじゃん、男ってみんなそうじゃん。英里子はひとり悪態をつく。

高松空港に着陸して、もう携帯はご使用できます、とアナウンスがあったと同時に知らない番号から着信があり、市外局番からそれは父親が入院している病院と思われた。良い知らせであるはずがないと一瞬のうちに不安が押し寄せ、指が躊躇《ちゆうちよ》しているうちに切れてしまった。

空港からタクシーに乗りこんで運転手に亀山《かめやま》市の労災病院、と告げてから、もう一度携帯を手にした。母は携帯を持っていない。以前、両親に一台、持たせたこともあったが、「いっぺんも使《つこ》たことない」「一回鳴ったら大きな音で怖かった」などというので、解約した。最悪の事態であろうことも想定してから、英里子は着信のあった番号にかけた。出ない。話し中。少し安心して、というより不安が先延ばしになっただけだが、ふっと息をついて一度シートの背もたれに体を預けた。

「誰か入院しとんな?」

運転手からルームミラー越しに声をかけられた。あ、はい、と返事をしたとたんに、やっぱり、父は亡くなったとしか思えなくなり、涙がこぼれてきた。ミラーの中のびっくりした顔を、英里子はぼんやりとする視界の隅で見た。

「ああー、いかんいかん。泣いたらいかんで」

ごま塩頭の運転手は必死で英里子を元気づけようとしていた。そうだった、まだ死んだと決まったわけじゃないと英里子は思い直す。

「大丈夫大丈夫、娘さんのこと待っとるで」

どうやら、危篤に陥った父親の死に目に会えるかどうかの瀬戸際のように、この人には伝わってしまった。そっとしておいてほしいと英里子は思い、ありがとうございます、と口にして深く頭を落とした。

父は七十四歳になったばかりだった。まだまだ若い。腰も曲がってないし、頭だってしっかりしている。死ぬなんてまだ先のことだと英里子は思ってきた。英里子が生まれたときから商店街で母と小さな果物屋をやってきて、商店街がすっかり寂れてしまったいまでも、仕事は続けていた。車で配達にも行っていたはずだ。酒は弱いし煙草もやらない。入院したことなんてない。腎臓が悪いなんて一度も聞いたことはなかったのに、いったいどうして急に入院なんかしてしまったのだろう。

平坦な国道をあまり信号にも引っかからず、タクシーは順調に進んでいるようだ。車窓を見れば懐かしい風景が広がっているはずだけれど、英里子は見ないようにした。涙が溢《あふ》れ出すに決まっている。

「はい、お姉さん、着いたで。大丈夫、お父ちゃん、大丈夫」

空港からは随分距離があるはずだったが、道路がすいているだけでなく、ごま塩運転手はかなり飛ばしてくれたようだ。目の前はもう、亀山市で一番大きい総合病院の入口だった。涙がようやく収まりかけたのに、彼が大丈夫大丈夫と言うたびに、胸が締め付けられる思いがし、また涙がにじんできた。同時に他人の言葉に力づけられてもいた。

病室を覗くまではそれでも怖かった。今年の年末年始は麻由《まゆ》と香港に行ったので帰省しなかったから、英里子が父と会うのは一年三か月ぶりということになる。そういえば、麻由にも一報入れとかなきゃと思った。東京で一番頼れる親友だ。麻由のことを思い出すとついでのように和生を思い出し、気分が滅入《めい》った。しかしいまはそれどころではない。

父は四人部屋の窓際で、うっすらと目を開けて、穏やかな表情をして横たわっていた。ベッドの脇に付き添った母も、その父に視線をやったままぼんやりしている。英里子が入ってきたのを見ても、二人とも一瞬誰なのか分からない様子だった。まず、年をとったなあ、と英里子は思い、それでも予想したより元気そうなのにほっとした。生きていてくれてありがとうお父さん、という気持ちが足下から全身を駆け上がってくるように感じた。

父は笑みを浮かべたように見えたが、ほとんど話せない状態だった。母は「それが、何が何やらわからんの」と言って、不安げな顔になった。そこへ看護師がちょうど入ってきて、

「娘さん？　先生が説明しますからちょっと」

と言って英里子をナースステーションに連れ出した。

なぜ、もっと帰ってこなかったのだろう。まだ二十代と思われる看護師のあとをついていきながら、英里子は後悔の思いでいっぱいになっていった。だいたい高校を卒業すると、さっさと東京の大学へ行ってしまったのだ、一人娘なのに。とにかく東京へ行きたくて行きたくて、両親が寂しい思いをするであろうことなど想像もしなかった。

父も母も大学を出ていなかった。英里子が県立亀山高校に入学したときも、三年後、東京の大学に進学することになったときも、近所の商店街の人たちはみんな大騒ぎだっ

た。英里ちゃんはようできるきんなあ、そやけど一人娘やから養子さんもらわんといかんなあ、と小さい頃からその人たちには言われてきて、英里子自身もお婿さんをもらうんだと思いながら成長してきた。それが高校受験のころから嫌になってきていた。

自分はこの小さな街の小さな果物屋で、よそから来るお婿さんと一緒に、朝早く起きて市場に仕入れにいって、夕方まで声を張り上げてみかんやリンゴやスイカを売り続けなくてはいけないのだろうか。母のように。父のような男とともに。そして子供を産んで、育てて、その子が女の子だったらまた婿をとって、ずっとずっと続いていくのだろうか。こんな小さな街で。

中学三年生でそんなことを考えていたのかどうかは忘れた。父や母に後を継げと言われたこともない。でも、大学進学率がほぼ百パーセントの進学校に入学したときからたぶん、あの狭い間口の商店から、外へと足を踏み出したくなったのだ。ずっと遠くへ行きたくなったのだ。ある日、荷下ろしをする父親の背中が小さく、貧相に見えた。母親の客あしらいの声が、下世話すぎるように感じた。高校三年になってすぐ、ごく当然のことのように英里子は両親に言った。

「あたし、東京の大学行く」

行かせて、でもなく、行きたい、でもなかった。あの頃の自分を英里子は今になってはっきりと思い出していた。市内で一番の進学校の中でも成績のいい自分は、小さな果物屋の娘として、もうここにいるべきではない、と宣言するかのような、傲慢な顔つきで、働き者の両親を前にして言い放ったのだ。そのことは覚えているのに、二人がどんな顔でそれを聞いていたのかを、英里子は思い出すことができない。

父のことも母のことも大好きだったのに。店に並んでいる果物も全部大好きだったのに。小さい頃は、旬の果物が色鮮やかに並ぶ店に遊びに来る友達が、「英里ちゃんとこ、ええなあ」と羨む、果物屋という家業が誇らしかった。

いつから、あの店の前に「ただいま！」と戻ってくるのがそれほど嬉しくなくなってしまったのだろう。

「お父様の腎臓はかなり厳しい状況です」

ナースステーションで紹介された、小柄で髪の毛が妙にふさふさした主治医は疲労しきった顔をパソコンモニターに向けたまま言った。

「これ、血清クレアチニンと言います。この値は、この範囲内が正常ですが、お父さんのはほら、突出しているでしょう」

モニター上で見たこともない項目と数値を見せられて、ついこの間まで元気だった人がかなり厳しい状況だと言われても、英里子の頭はすぐに理解できなかった。

「はい」

「いまは点滴でなんとか押さえていますが、効かなくなるときがきます。そのときは透析しかありません」

「透析、ですか」

透析というもののことは知っている。会社で透析に通いながら仕事をしている人もいた。大変なことだというのはわかる。七十四歳の父が耐えられるのだろうか。家族がそう思うことも織り込み済みなのだろう、主治医が続ける。

「もちろんお年ですから、体に負担がかかります。しかしいずれ、その判断をしなくてはならなくなるときが来ます。お父様の意志、ご家族の意志で決めていただかなくてはならないことです。お母様には昨日お話ししたのですが、あまりよくおわかりになってないようで」

「はあ……」

母は同じことをこの人に言われて、わからないどころかパニックになってしまったに違いない。そのとき英里子は初めて母の心細さに思いが至って、胸が張り裂けそうになった。

「ごめんなさいね。僕ははっきり言う方針なので言いますね。お父さん、もうお宅へは帰れないと思います。透析をして血液を入れ替えることで生命を長引かせることはできます。元気になりますよ。でも家に帰るのは難しいでしょう。ここも救急病院ですから長くはお預かりできませんので、透析専門の病院に転院して治療を続けるということになります」

随分先のことまで言う医者だなと英里子は思った。まだこの人と話して十分も経《た》っていないのに、もう転院の話だ。でもそれが今のシステム化された病院というところなのだろう。父のほかにもまだ数多《あまた》の患者が犇《ひし》めいているのだ。一人でも多くの人を救いたいと医師たちは思っているのだ。だからこんなにも迅速に事を進めようとしているのだ。

「わかりました。私は、父と私たち家族が透析をする意志があるかどうかを決めればいいのですね」

英里子も事務的な口調になった。初めて主治医と目が合ったように思われた。彼の全身には疲労がにじみ出ていた。彼も英里子にそう感じたかもしれない。

病室に戻ると、母が父の手首をつかんだまま、枕の横に顔を埋《うず》めて寝ていた。英里子は母とは反対側のサイドから母と同じように父の手を握りしめた。父のまぶたが少し動いて、薄目を開けたけれど、英里子を認めたようには見えなかった。

お父ちゃん、ごめん。

英里子はそう口に出して、片方の手で父の少なくなった鬢《びん》の髪を後ろに撫《な》でつけた。

翌週から、英里子の父は透析専門病院に転院し、治療を続けることになった。英里子は休暇を延長して、さまざまな段取りをしなければならなかった。母はもう何も考えられない状態になっていたからだ。いつも父のそばにいたがるが、何の役にも立たない。これから先のことを考えると、英里子の目の前にはどんな光明も見いだせないような気がした。とりあえず父を転院させ、母を落ち着かせてから、東京に戻った。

戻るころにはある程度、覚悟を決めていた。母をあのまま一人にしておくことはできない。それに東京も会社も、さして留《とど》まりたい場所ではなくなっていた。和生のせいだ。和生は心配して何度も電話やメールをくれたが、頼るわけにはいかなかった。頼ったからといってどうなるものでもないが、思い切り愚痴をこぼす相手くらいにはなってくれたかもしれない。なんというタイミングで和生は切り出したのだろうと、英里子は恨めしかった。

和生はちょうど出張に出ていて、社で顔を会わさずにすむことだけが幸運だった。和生を略奪した森脇美和には業務上接触しないわけにはいかなかったが、とにかく無表情でやり過ごすことだけを考えた。

年度末の繁忙期はなんとかだましだまし乗り切った。その間にも、「介護休職」なるものがあるらしいことは調べたが、英里子が十七年間勤めたMT化学には、そんな制度はあるにはあっても、これまでに取得した前例はないんだよ、と英里子自身の上司に申し訳なさそうに言われて、依願退職することを決めた。正確には四月に入ってから数日出勤し、余った有給休暇を全部消化した日が藤木英里子の退職日となった。退職金は雀《すずめ》の涙だったし、送別会も断った。仕事の引き継ぎさえなかった。つまり、誰が取って代わってもいい、その程度の仕事だったというわけだ。

結局、東京にいる間に、和生には会わなかった。北海道への長期出張が、そのまま支社への転勤になってしまっていたからだ。森脇美和は寿退社して和生についていくことを発表していた。さすがにその送別会まで会社にいるのは嫌だったから、さっさと辞めるにこしたことはなかった。

和生への気持ちは冷淡と言ってもいいものだった。それは彼への恨みなのか、餞別《せんべつ》なのか、英里子は自分でも判然としなかった。麻由にだけは長電話してぜんぶぶちまけ、

「英里子らしい決断だね。今忙しくて行けないけど、絶対亀山市まで会いにいくからね」

と言われて英里子は泣いた。たった一人だけでも理解者がいてくれることはありがたいことなのだろう。

2

マンションも解約して、二十一年間いた東京の諸々を片付け、ようやく故郷の亀山市にすべてを移し終えたときには、六月になっていた。亀山での最初のイベントはなんと

結婚式だった。

　高校を卒業して二十一年経つ。二十一年といえば、高校卒業後にすぐ結婚して、子供を産んでいたらその子がもう結婚してもおかしくない年だわと思っていたら、中学の同級生の福家治美《ふけはるみ》の長女が、結婚するというのである。東京で就職してからは年に一度帰るのがやっとだったので、会うのは治美だけ、それも何年かに一度だった。今回も取り急ぎ連絡したところ、いきなりそんなおめでた話を聞かされ、英里子はびっくりしてしまった。

「へえー、佳恵《よしえ》ちゃんだったっけ。佳恵ちゃんが中学入ったときに、私たちが知り合ってから世代が一回りしたんだねえって話してたのが、ついこないだのことじゃない？」

「そんなこと言うたかいな。もう子供らで勝手に、さっさと決めてしもたんや。かなわんわー。就職と結婚が一緒に来たん。一気に片付いてええけど」

「え、もしかして、まだ未成年？」

「そうや、十九や。そのうちあたしもすぐにババアや」

　と治美はケラケラ笑うが、英里子が男に振られて落ち込んでいる間に、中学時代、廊下を手をつないで走り回っていた友は、おばあちゃんか、と複雑な思いがした。自分の方がずっと幼いままのような気がする。

　治美は商業高校に進んだので、一緒だったのは中学の三年間だけで、高校時代はほとんど付き合いはなかったが、いまでも亀山市で一番の友はというと、治美を思う。治美は同じように思ってはいないかもしれないが。高校を出て農協に就職して、受付に座っていたが、二十歳になってすぐくらいで、漁協の嫁になった。姑《しゅうとめ》が難しい人で苦労していたことを、英里子は覚えている。

なぜか治美の結婚式に英里子は出ていない。どうしてなのか覚えていない。英里子はまだ大学生だったが、故郷の親友の晴れの宴に出ない理由はなんだったのだろう。治美の方が交通費がかかるのを気にして呼ばなかったのか。

「ほんで英里ちゃん、帰っとんやったら結婚式出てくれんやろか」

と治美に言われて、これで借りを返せると、英里子は二つ返事で承諾した。帰郷して十日後というタイミングだった。英里子は母が一着だけ持っていた訪問着を着て、友人の娘の宴に出席した。

結婚式には中学校の同級生もたくさん来ていて、披露宴の後は急遽《きゅうきょ》、ホテルの喫茶室で同窓会となった。

「へえー、藤木さん、卒業して以来やなあ、東京におるん？」

と口々に言われて、英里子は一人一人に、父の介護で会社を辞めて帰ってきたと説明しなければならなかった。ほとんどがずっとこの地にいる同級生で、卒業以来初めて会ったのは英里子だけではないだろうに、「東京に住んでいた」ということだけでみんなが英里子と話したがるのが不思議だった。それもどうでもいいようなことばかりなのだ。

「藤木さん、どこに住んどったん？　芸能人とかよう見る？」

「青山とか近いん？　中目黒て美味《おい》しいスイーツ屋さんようけあるんやろ？」

「その髪、やっぱりカットの腕が違うんやなあ。高いんやろな？」

「服はどこで買うん？　うちらや、ゆめタウンしかあらへんで。ははは……」

英里子が二十年前に上京していったときに抱いていたような東京のイメージと何ら変わらない。これだけ情報が流通しているというのに、田舎の人はなんにも変わっていないのだろうか。英里子はちょっとうんざりしたが、そんな顔をすれば「東京でちょっと住んどったくらいで、すかしとる」と言われるだけだろうから、

「どこにおっても一緒よ。あたしやって、ネットで服買《こ》うたりするし。芸能人なんか全然見かけんし、青山なんかほとんど行かんわ」

と、思いきり方言で、東京に二十年いたって変わらない人は変わらない、ということを強調しようとする。実際そうだったからだ。変わったことがあるとすれば、「東京的なもの」にむやみに憧れたり、憧れていてもそういう素振りをみせるようなことはしなくなった、というくらいなことだ。

それでも今日は友人の娘の結婚式だ。みんなそれなりにお洒落《しやれ》はしているのだろう。

けれども英里子には、郊外の大型ショッピングモールの吊《つ》るしものを、急いで買って来たようにしか見えなかった。髪はみんな茶色く染めている。英里子は、つい最近、初めてカラーリングをしたというのに。結局、せっかく染めるならと明るい茶色にしたのだが、そういうところが結構自分も田舎者だと思う。和生が、英里子さん、このごろちょっと白髪が目立つよ、と言うので染めたことを思い出し、あれは三か月以内のことではなかったろうかと、また和生に対して腹が立った。不快さが顔に出ないよう注意する。

東京で二十年暮らしたからといって、全然お洒落になんかなってないけれど、彼女たちにはそう見えるのだろうか。二次会には八人の同窓の女たちがいたが、全員既婚者で、自営業と専業主婦と教師がそれぞれ同人数といったところか。彼女たちと自分に大きな違いはないように見える。けれど、大学時代の友達や会社の同僚や、東京でできた一番の親友の麻由とかわす会話ほど、彼女たちとの会話はしっくりこない。それは地方と東京の差なのか、単に長く会ってなかったタイムラグのせいなのか、英里子にはわからなかった。そのタイムラグが埋まる気もしなかった。

結婚式は神式で、それも会館のなかの神殿なので厳かでもなく、新郎新婦は二十一歳と十九歳と若く、おままごとでもやっているように見えた。そのあとの披露宴では、いまどき何度もお色直しがあったり、芸能人張りの派手なドレスでのキャンドルサービスやら、花束贈呈のときの司会のあざとい泣かせ文句などが、英里子にはかなり苦痛だったのに、参列者はみな楽しんでおり、そのときからもしかしたら居心地の悪さを感じていたのかもしれなかった。だから田舎は嫌なんだよね、というような感覚ともどこか違っていて、こういうセレモニーを違和感を持たずに受け入れる環境の中でこれからもずっと生きていく治美の娘の人生を思うのだ。まだ十九歳なのに子供を産んで、若い夫とうるさい子供と面倒な姑たちに囲まれて、この小さな世界で生きていく娘のことを思うと、英里子は切なくなった。せっかくのおめでたい門出であるはずのこの場を、そんな風にしか感じ取れない自分も嫌だった。

ところが、十三歳から十五歳にかけて友達だった、いま四十にさしかかろうとする女たちは、まるでそのようなことには頓着せず、いや、今日の結婚式や披露宴のことすらもうすでに興味はなく、日々の話題に明け暮れていた。

「英里ちゃんはどんな仕事しよったん？　大学出てからずっと同じ会社？」

と、小学校の教師になっていた山口和子《やまぐちかずこ》が質問を向けた。一学期の学級委員を必ずやっていたような、ハキハキして目のクリッとした可愛《かわい》かった子で、笑うと目尻の皺《しわ》は深いが、その面影はいまもよく残っている。

芸能人の話題ではないことに幾分ほっとしながらも、特に語っても面白くないだろうと思いつつ、英里子は答える。

「化学製品の会社で、ずーっと事務の仕事」

ほら、面白くない。英里子に注目した八つの顔が、そう語っている。名前だけはよく知られているので、社名を出すと、へえ、すごいわねえ、ときっと言うだろうが、そういう反応にも嫌気がさしていたし、聞かれなければ言わないことにしようと思う。何を作っているのかも想像できないようで、みんな尋ねもしなかった。少しは東京らしい職業だったらよかったのに申し訳ないと思う。麻由だったらテレビ局の広報部勤務だから、みんなが目を輝かせるような話ができたのに。

「なんで結婚せんかったん？」

実家の美容院を継いでいる、杉下美智子《すぎしたみちこ》が言った。いつかはくるだろうと思っていたけれど、割と早く、そして直截的《ちょくせつてき》な質問できた。ほかの女たちも興味深そうに身を乗り出すのがわかる。

「そうやわ、きれいやのに」

たぶん中学時代は話したことのない、土屋薫子《つちやかおるこ》が一番遠くの席から声を張り上げた。きれいやのに、というのは褒めているのであろうが、「きれいやのに」「結婚してない」という組み合わせがなぜこの日本社会では成り立つのかが、英里子にはわからない。中学生の頃はわかっていたのかもしれない。何人かが、うんうん、ほんまや、と同調する。

「肌、きれいやなあ、藤木さん。やっぱり、東京の人は違うなあ、何使うとん？」

その隣の、当時はちーちゃん、ちーちゃんと呼ばれていた横田千鶴《よこたちづる》が、話を違う方に持っていこうとする。名前から想像できる通り、昔も小さかったが今も小さい。医者の奥さんだそうだ。そのまま話が流れれば、それでいいと思っていたがそうはならなかった。杉下美智子はなんとしても英里子の答えを聞きたかったらしい。

「ちーちゃん、まあそれはあとでええから」

あ、いまもそう呼ばれてるんだ、と英里子は思い、自分に向けられた好奇の目にどう答えようかと思案する。一般の女がどうして結婚しないかなんて、そんなに面白いものでもなかろうに。要は暇、なのだ。話題というのは、そういう何でもない、どうでもいいことから始まるのだ。

「なんでやろね。男運が悪いんちゃう?」

こういうときは自分を落としといた方がいい。今までの経験でそうするのが無難という結論に英里子は達していた。いま、相手はみんな既婚者。東京に出て行ったはいいが結婚もせずに帰ってきた負け犬を、哀れみはしても叩《たた》きのめしはしない。優越感さえ抱くかもしれない。今日はそれでいい。それに事実、英里子は負け犬なのだし。でもせっかくのおめでたい日に暗くなってもいけないので、情けないような顔で笑って答えた。それくらいには英里子も大人になって戻ってきたのだ。それでとりあえず集団記者会見は終わりにできるだろう。

実は英里子は結婚していたことがあった。

二〇〇二年の夏からその年が終わる頃までのごく短期間だけだったけれど。馬鹿馬鹿しい思い出だ。何年のことかすぐに思い出せるのは、日韓ワールドカップのスタジアムで元夫と知り合ったからだ。

会社がJリーグのスポンサーになっていたこともあって、六月十一日のサウジアラビア対アイルランド戦のチケットが手に入って、職場の人たちと横浜のスタジアムに観戦ツアーに出かけたのだった。そのときまでサッカーにはまるで興味がなかったが、生ビールを飲みながらの国際試合はとても面白くて、会場で大いに盛り上がった。隣にいたグループとも親しくなり、その後一緒に飲んだ。中の一人と急速に親しくなり、勢いで結婚までしてしまった。二十九歳になってすぐのことだった。三十を前に、無闇に焦っていたとしか思えない。結婚してみると、価値観も食べ物の好みも本や服やテレビ番組の好みも、何から何まで違った。思い出したくない恋は誰にもあるものだろうけれど、それも経験の一つに加えればいいだけだ。なにも結婚まですることはなかった。

救いは、結婚式はせず、お披露目もほとんどしなかったことだった。お互い心のどこかで、相手への思いが一過性のものであるとわかっていたのだろうか。互いの両親には一応会ったが、英里子の両親を東京に呼んだので、とうとう彼が英里子の実家を訪れることはなかった。「二人で初めてのお正月を迎える」ことさえ、できなかったというわけだ。

いまとなっては笑い話としてのみ、思い出せる。間抜けな詐欺にでも遭ったくらいな感じだ。治美にさえ話していない。たぶん、年末、実家に戻るときにサプライズで知らせようと思っていたに違いない。それをする前に別れてしまったのだから仕方がない。「結婚して、離婚した」という報告をするのもナンセンスだったし。

藤木フルーツの娘が結婚したらしいとか離婚したらしいとかいう噂《うわさ》が当時流れていたとしても、もう十年以上昔のことだし、みんな忘れてしまっているだろう。両親のためにもそれが何よりだ。

実はバツイチなのよー、と告白すれば、同級生たちも喜ぶだろうが、面倒なのでやめておく。治美にだけはいつか機会を見て話そう、とそのとき思った。

英里子が踏んだとおり、彼女たちはそれ以上、「なぜ結婚しないのか」に踏み入ってこようとはしなかった。これからええ出会いが待っとるわ、とか、藤木さんの理想が高すぎるんやわ、とか、相手に憐憫《れんびん》の情を感じた者が口にする言葉は、東京も田舎もそう大差はない、と英里子は思った。

二次会を終えて家に戻ってくると、夜も更けた頃になって、治美から、

「英里ちゃん、今日はありがとう。まだ起きとる？　ちょっと話したいんやけど」

というメールが来たので、すぐに電話した。治美もみんなとの二次会に参加したいけどさすがにそうはいかんわ、と笑いながら別れ、今日一日はほとんど話もできないまま

だったのだ。

「おつかれさま、あいきゃん」

英里子は治美を中学時代のあだ名で呼んでみる。治美はハハハハと笑って、「なつかしなあそれ、もう名前変わったきん、忘れとったわ」と答えた。秋山というのが治美の旧姓で、英語の授業のとき、教師が治美をあてて、「はい、I can を使って文章を作ってみて、あいきゃんさん」とふざけて言って以来、治美は「あいきゃん」と呼ばれるようになった。そう呼ばれるのを治美は嫌がっていたので、英里子はそれまで通り、治美、と呼んできた。

「ほんま、英里ちゃんが出てくれてよかったわあ。なんゆんかなあ、あたしも鼻が高いゆうかなあ」

「なに言うとん。私こそ、出れてよかったわ。治美のは出んかったもんな。なんでやったんやっけ？」

「こっち帰ってくるんも大変やん。招待状出さんかったん。ああ、でも手紙くれたよ」

「手紙？」

治美に手紙？　全く覚えていなかった。

「いまでも大切に持っとるよ。結婚しても夢をあきらめないで、みたいなこと書いてあった」

ひゃー。英里子は携帯を手にしたまま赤面した。なんと恥ずかしい言葉を贈ったものか。何が夢をあきらめないで、だ。そんなことが言えるほど英里子自身が夢を持っていたとでも言うのか。

「ほんだけど、佳恵も片付いて、あとは久志《ひさし》が道を外れんと行ってくれるだけや。英里ちゃんはええなあ。夢があるんやろ」

「ないよそんなもん」

なぜか即答してしまった。そのことにぐっと落ち込む。何らかの野心を抱いて東京に出て行き、二十歳やそこらで中学の友に夢を持てなんて豪語した自分が、結局何を得て戻ってきたのだろう。英里子自身は洗剤やキッチン、トイレ用清掃材といった自社製品に特に何の興味もなかった化学製品メーカーで、そのほとんどを人事や総務の仕事をして過ごしてきた。仕事が楽しいと思えたのは、二十代の終わりに商品開発のプロジェクトに二年間だけ部内派遣されていたときだけで、それ以外は、先輩に倣ってマイナス評価を受けることがないように、淡々と業務に取り組んできただけだ。それでも、治美や治美の娘の佳恵のような、井の中の蛙《かわず》状態よりはまし、なのだろうか。それも心許《こころもと》なくなってきた。治美はともあれ、漁協の経理という安定職業を有した夫を得、子供を育て、家庭を作った。〝未来〟がある気がする。とりあえず、両親の介護くらいしか未来のない英里子よりは。

「旦那さんはええ人やん。ちょっと太ったけど変わらんわ」

夫に話を振ってみる。治美が幸せでいてくれれば、それでいい気がする。

「どこがや」

治美の言い方につい笑ってしまったが、冗談でも照れでもないことが声質からわかった。

「もう、ぜんぜん、なんとも思わんのよ。いや、おらん方がせいせいする。久志が来年高校卒業なんやけど、久志までおらんよなってしもたら、夫婦だけでどうやって暮らしたらええんかわからん」

治美はその日初めて、いや、英里子と知り合って初めてといってもいいくらい、低く、沈み込むような声で言った。少なくとも娘が今日結婚した母親が出す声ではない。

「嫌だやめてよ、治美。幸せでしょう、優しい旦那さんに……」

最後まで言わせてくれなかった。英里ちゃんはなんもわかってない。私たち夫婦の間には今や何もない。寂しい。一人でいるときより二人のときの方が寂しい。治美は畳み掛けるように言った。

「結婚してからずっとそうやった。楽しい人と思とったのに、結婚した途端にもの言わん人になった。漁協ではな、面白い人ゆうことになっとるらしい。外面がええんよ」

結婚してからずっとそうだったなんて、治美は一度も教えてくれなかった。二十代の頃も三十代になってもたまには電話して、いろんな話をしたのに。お姑さんが難しい人だというのはよく聞いたけれど、夫のこんな話を治美がしたのは初めてだった。夫は優しくて治美のことをずっと守ってくれているのだと思っていたのに。

「浮気でもしてくれた方がええとさえ思うわ」

「そういう疑いはないん？　外では楽しい人なんやろ？」

「ないない。そんな物好きな女がおったら、こっちから頼み込むわ。ちょっとは身綺麗《みぎれい》にもするやろしな。それよりごめん、あたしの話やつまらんやん。英里ちゃんは？　華々しい話してよ。最近はどんなカレシ？」

治美に突然水を向けられ、三つ年下の恋人に振られたことが、会社も辞めて田舎に戻ってきたことのきっかけだと、こんなにも心のうちを吐露してくれた治美にさえ、英里子は言えなかった。同じ中学で一緒だった自分は、治美より上等な人生を歩いていたはずだという思いがどこかにあったからだ。治美のあまり幸福ではなかったという結婚生活を聞いてもなお、言えなかった。自分がこの道を選んだことが正解であるように思えなかったにもかかわらずだ。英里子はかつて「夢をあきらめないで」などと偉そうにアドバイスした同級生に、いまも「英里ちゃんは華々しい人生を生きている」と思っていてほしいのだろうか。そんな矮小《わいしょう》さが情けなかった。

「振られて戻ってきた」

と正直に言えばいいものを、

「結婚まで考えた人がいたが、これから親の介護もあるので迷惑かけられないから別れた」

などと、自分が治美よりも高いところに立って、大人の選択をした都会的な女であるかのごとく嘘をついた。未来に希望を持てないでいる友に。友以上に希望を抱けないでいるのに。

英里子が二十年ぶりに帰ってきた「さぬき亀山市」は、瀬戸内海に面した、人口七万人の城下町だ。いや、英里子がいない二十年の間に市町村合併をして、十万人を有する都市になっていた。

市の中心は石垣の高さを誇る亀山城である。標高六十メートルほどの山城で、天守閣もちゃんと残っている。典型的な城下町で、その城を中心に東西南北に街が広がっていた。英里子の実家である「藤木フルーツ」は、城の北側の商店街の中にある。瀬戸内海に面した亀山市は港町でもあって、かつて船で亀山の港にたどり着いた人々の多くは、さらに内陸の金毘羅宮《こんぴらぐう》を目指した。その街道沿いに発展した街でもあるのだ。

港から亀山城に行く間にアーケードの商店街が四本あって、南北と東西に一本ずつ通っている。英里子が生まれた頃は、どの通りも大勢の客でにぎわっていたらしい。英里子は「満員電車のようやった」と母が言うほどの賑《にぎ》わいは知らないが、それでも、英里子が高校生くらいまでは、お城側の入口に近いところにあった藤木フルーツには人が絶えることがなかったように思う。間口の狭い小さな店だが、近所の商店のおじいさんやおばあさんが、無駄話をしに店先に来ていたのも含めればだが。だから門口にはいつもお客が座れるように丸椅子が置いてあった。

高校を卒業した英里子が上京して、年に一度帰省するたびに、商店街の店が一軒、また一軒、シャッターを閉めるようになっていった。最初に閉めたのはおもちゃ屋だったか、布団屋だったか。そこの商店の子供たちとはみんな幼なじみだったから、もう会えないと思うと寂しかった。父に聞くと、店を畳んで郊外（お城の南）に移住したり、店を続ける場合も、大型ショッピングモールの中に店舗が入ることになった、という話をよく聞くようになった。

そのうち日本全国で増え続ける、悪名高き「シャッター通り商店街」の実態を、英里子は一年に一度ずつ目の当たりにしていたというわけだ。

藤木フルーツは、父と母に、配達のお兄さんを一人雇っているだけの小さな店だったのに、ずっと商売を続けてこられた。英里子が小さい頃は、「健三《けんぞう》兄ちゃん」という二十代の若者がいて、「えりちゃんは大きうなったら健三兄ちゃんのお嫁さんになる！」と宣言していたことを思い出す。健三兄ちゃん二代目、三代目もいたが、いまはもう誰も雇ってはいない。藤木フルーツよりもっと儲《もう》かっていたように見えた貴金属屋も仏壇屋も、いつしか店の入口はシャッターになってしまっていた。

　藤木フルーツがなんとか続けてこられたのは、葬式や法事用の盛り籠やギフトを扱っていたからだ。健三兄ちゃんがもう兄ちゃんではない年になって、その次に来た二代目の兄ちゃんのアドバイスによるものだったらしい。あれがなかったらとっくにつぶれとるわ、と父は言っていた。四筋の商店街にはあと二軒果物屋があるが、いまだどこもシャッターを閉めていない。ホテルや結婚式場の引き出物やら、お寺やセレモニー会館に納める契約をコンスタントに取れるのは大きいのだった。店舗の売り上げはほとんど当てにしていない。いや、できない。

　英里子は一人娘だが藤木フルーツを継ぐ気はさらさらなく、それをはっきりとではないにしろ、表明してきたつもりだし、だから、全くと言っていいほど、家業に関心を持たずに来たので、その程度のことしか知らなかった。父が入院し、母も頼りにならなくなって、そのうえ、英里子も勢いで仕事を辞めてしまった。店の蓄えも夫婦の年金も、どれくらいあるのかさえ知らない。けれどなんとか、とりあえずはここで三人、暮らしていかないといけないのだ。そんな話を少しずつでも、両親としていかないといけないのだ。

　住居は店の二階にある。外から見るよりも中は広くて、三人家族が住むには十分だった。店の裏に厨房《ちゅうぼう》があって、食事は一階でする。いつ人が来てもいいようにだ。父が入院してさすがに店は閉めた。それまでの注文を断ることから始めなくてはならなかった。しかしまずは父の命を救うことが先だった。

両親が寝間にしていた六畳間に二つ布団を敷いて、英里子は母と寝ている。かつては英里子が勉強部屋にしていた部屋だ。このほか二階には八畳の居間に、英里子が小学校低学年の頃、納戸を潰して作った風呂場がある。それまでは商店街のはずれにあった銭湯に行っていたのだ。

こっちに帰ってきてからは朝五時には目が覚める。隣を見ると、母はすやすや眠っている。やがて目を開け、

「あ、お父ちゃんやなかった」

と口にするのはいい加減やめてほしかったが。母を寝かせておいたまま、朝食の準備をする。何軒か先にパン屋があったはずだがいまはない。息子の正《しょう》ちゃんは同級生だった。英里子がいない間に、郊外に越してしまったみたいだ。仕方なくパンは、駅まで歩いて、高架になった駅の一階に入っているスーパーで買うしかなかった。

英里子はパンには一家言ある。バゲットの美味しい店は都内に二軒しかなくて、人を家に呼ぶときにはわざわざそこまで買いにいっていた。最近、マンションの近くにできたパン屋の食パンが美味しく、土曜には、限定のモッツァレラ入りパンを焼くので、そ

れと一緒に必ず買いに行くようになっていた。東京を離れることにしたとき、あの店の食パンが食べられなくなることに大げさだが未練はあった。でもきっとそのうち、亀山市内のどこかにいい店が見つかるはずだと淡い期待を持ちつつ、戻ってきたのだ。

正ちゃんのパン屋では、確か一斤で買っていたなあと思い出す。正ちゃんのお父ちゃんが、パン切り機に長いパンを載せて滑らせて、英里ちゃんとこは薄目やったな、といいながら、上手に切ってくれた。英里子の母は毎朝、その薄目のパンでサンドイッチをどっさり作った。キャベツとトマトと胡瓜《きゅうり》をマヨネーズとマスタードで和《あ》えたサンドイッチだった。ときどきゆで卵が入っていた。たくさん作っておいて、手が空いたら厨房に行って父も母もつまむのだ。それくらい店は忙しかった。

内風呂を増築したのは、時代の趨勢《すうせい》というだけではない。それまであった銭湯とその周辺の店舗が潰されて、その跡地に関西資本の大手スーパーができたからだ。きっと商店街は死活問題だと大反対しただろう。結局、共存共栄と言い含められて、折れたのだろうか。父が会合に出かけていたような気がするが、英里子はよく覚えていない。結果として、それは商店街が寂れ始める最初のきっかけだった。そしていまや、そのスーパーさえ、ない。

昨日駅の下で買った、大手食品メーカーの八枚切りの食パンでサンドイッチを作った。パンの耳を切るのが意外に難しかった。母は起きてこないので、支度をしておいてから、シャッターが閉まった商店街を散策することにした。朝とはいえ、人っ子一人いない。ここが満員電車みたいに込み合っていただなんて、本当なのだろうか。一と八の付く日に大売り出しのある「一八《いっぱち》デー」なんてイベントもあった。商店の前にはテキ屋が屋台や金魚すくいやパチンコを置いて商売していた。英里子は金魚すくいが苦手で、健三兄ちゃんがいつも、自分ですくったのを英里子のカップに入れてくれた。英里子は兄ちゃんを尊敬のまなざしで見つめ、そのときお嫁さんになると決めたのじゃなかったか。

空にはもう太陽が顔を出しているだろうから、じりじりと暑さが増している頃だろうが、三百メートルはあるアーケードの一本道はひんやりとしている。海の方角からの風がこのチューブの中を吹き抜けていくように感じられた。この道で過ごした数々の思い出も、その風と一緒にお城の方へ吹き飛ばされていくように思う。悪いことは忘れよう、と英里子は思った。覚えていたくないことは忘れてしまおう。楽しかったことだけ覚えておこう。これからだってそうだ。これから先、目の前に立ちふさがるであろう面倒、しがらみ、身体的、経済的困難について、考えるのはひとまずやめにしよう。ここには、溢れるほど人がいて、みんながニコニコと行き交っていたころの楽しさを体で覚えている小学生の英里子がいるのだ。あのときの自分にいったん戻って、この通りを歩いていこう。

英里子は大きく深呼吸すると、清々《すがすが》しい思いでその先に海がある方の入口を目指して、歩き始めた。

3

治美の娘の結婚式で再会した山口和子からメールが来て英里子は一瞬びっくりしたが、そういえばあのとき、携帯のメールを全員と交換したのだった。

――藤木さん、ダンナに紹介したいんや。夏休み入ったら、一緒に沖島《おきしま》行かん？　子供ら連れて合宿するんやけど、島、案内したいって。

メールも方言なんだ、と英里子は微笑《ほほえ》ましく思い、でもそれより、山口さん、旧姓坂本《さかもと》さんの夫は高校の同級生で、当時からつきあっていて、大学も地元の国立の教育学部で一緒で、ともに教師だというのにびっくりしたことを思い出した。そのうえ、夫の山口くんというのは、山口晴彦《はるひこ》くんだと聞いて二重に驚いた。英里子は一年のとき同じクラスで、ほのかに思いを寄せていたのである。もちろんそこまでは話さなかったので、山口妻のメールに何かの意図があったとは思わなかったが、ドキッとはした。長身で足が長くて、バスケ部に所属していて、物静かで、当時英里子が好きだった、ジュード・ロウにどことなく似ていたのだ。旧姓坂本さんも美人で有名だったから、美男美女のカップルだったのだなあと、今の英里子から見ても羨ましく思えた。当時はつきあっている事さえ知らなかったのだ。その山口くんに再会できるのは興味があったし、もちろん断る理由なんかない。一日くらい父の見舞いにいかなくても許してもらえるだろう。

沖島というのは亀山市の沖にある瀬戸内の小島の一つで、子供の頃何回か、海水浴に行ったことがある。港からフェリーか高速艇に乗っていくのだ。夏休みが始まって最初の土曜日、英里子は山口妻と高速艇で島に渡った。山口くんはすでに勤務する中学校の子供たちと合宿中だそうで、現地で会うことになっていた。その昔、英里子が海水浴で来た海岸からは反対側に位置する青海という港の桟橋で、出迎えてくれた山口くんを見て、英里子は絶句した。文字通り、言葉を失ったのである。こっちに手を振っている人はほかにいないか探したが、誰もいなかった。英里子の驚愕《きょうがく》を見て察したように山口妻が、

「別人やろ？」

と笑ったので、当時の長身にそのまま肉がついて巨大な体になった男が、憧れたこともある山口くんだと知った。

「お久しぶりですー、藤木さん。全然変わらんなー」

高一のとき、寡黙な男、と英里子が認識していたはずの彼は、妙に腰が低く愛想のいい中年男となっていた。こんな「おじさん」っぽい声だったかしら、とも思ったが、そういえば、一度も話をしたことはない。

二年のとき同じクラスだったがそれほど仲が良かったわけではない、旧姓坂本さんが英里子を誘ったのは、どうやら夫が取り組んでいるプロジェクトを紹介するためだったようだ。

軽トラックの荷台には小学生が何人か乗っていた。みんなどっちが前だかわからないくらい、真っ黒に日焼けしていた。こんな子供を見るのは久しぶりな気がして、英里子は愉快な気分になってくる。山口妻も荷台に乗り、英里子だけは一つしかない座席に乗せてくれた。かつての憧れの人と二十年後に念願のドライブである。英里子はおかしくなってほくそ笑んだ。

「え、どないかした？」

太っちょになったかつてのイケメンくんが横から見下ろして言う。

「いやいや。すごいなあ思て、二人。長い恋を実らせて。素晴らしいなあ」

そんなことを言う気もなかったが言ってしまった。

「よう言うわ。あほちゃうか、やろ？　わしらずっと地元や。藤木さんはええなあ、東京はやっぱりえんやろのー」

またその話題か、と一瞬がっくりきたが、それよりプロジェクトのことを聞こうと気を取り直す。

「それより、なんなん？　なにか新しいことでもするんやろ？　さっき和子さんからちょっと聞いたけど」

山口くんは、おーそうよそうよ、と楽しげな様子になって、その「アイランズプロジェクト」なる計画について話してくれた。

「いやそれがのー。今から行くんやけど、もう廃校になった小学校があるんやが。そこにの、昔の教職員住宅が残っとっての、まだ水道もガスも使えるんで、泊まれるんやわ。ほんで、夏の間だけやけど、全国の小中学校に声かけて、瀬戸内で合宿しませんか、ゆうて、応募かけたらの、十校も手が挙がったんや」

「へえ？　じゃ、全国から子供たちが来るの？　ここへ？」

「うん、そーよ。もう、来とる。海釣りしたり、山入ってキャンプしたり」

「すごいね。その企画者？　山口くんが？」

「ちゃうちゃう。わしはお手伝いや。子供の指導係。うちとこの中学生がホストっちゅうわけで、一緒に遊ばっしょん」

「へえ。いい取り組みやねえ。都会から来とるの？」

山口くんがいくら太ったからといって、自分のことを「わし」と言うのには少なからずショックを受けながら、英里子は尋ねた。

「そ。今日東京から。偶然、あんたがおった杉並区やがな。かあちゃんに聞いて、これは来てもらおう思てな」

あの美少女だった坂本さんを、「かあちゃん」かあ……と一瞬めまいがしそうだったが、それより、「杉並区」がいったいどれだけ広いと思てんねん、と呆《あき》れる方が先だった。たとえ、その小学校が英里子のいたマンションと近かったとして、だから何なのだ。英里子にいったい何を求めようとしているのか、このデブ（たぶん生徒からそう呼ばれているであろう）の中学校教師は……。

何と答えていいものか言葉に詰まっているうちに学校に着いた。いずれにしても楽しそうではあるので、声をかけてくれたことには感謝しようと思う。

白い砂の海岸が望める高台に、廃校となった小学校はあった。校庭では小学生らしき子供たちが走り回っている。軽トラを学校の外に停《と》めると同時に、荷台の子供らは飛び降りて、わあわあ叫び声を上げながら駆け出していく。英里子は山口夫妻と一緒に子供たちの後を追った。

「山口さん、お子さんは？」

英里子は妻に尋ねる。またしても特に興味はないのだが。

「おるけどもう中学生やけん、つまらんわ。やっぱり小学生の頃がいちばん」

と彼女は目を細める。英里子は小学生がそんなに可愛い存在だと思ったことはないが、確かに、荷台から走り出していく子供たちの背中を見ていると嬉しいような気分にはなれる。

校庭の隅にある建物が教職員住宅らしい。子供たちの水着が入り口の脇に干してあって、そのあたりに人だかりができていた。中学生と思われる女の子たちが大半だ。「あー佐橋《さはし》せんせおるおる」と山口妻が言い、「うん、藤木さんに紹介せんと」と山口夫が駆け出しながら手招きするので、英里子もついていった。輪の中に、作務衣《さむえ》を着た、白髪をポニーテールにした男がいて、竹をたわめていた。

「佐橋先生、こんにちは」

山口妻が、それまでとは違う甘ったるい声を出して言った。男が顔を上げる。

「あらー、来たんかい、べっぴんさん。いつも思うけど、山口にはもったいない」

日焼けした顔がにーっと笑って山口妻に向けられる。ポニーテールといい、この喋《しゃべ》り方といい、うわっいかがわしい、と真っ先に英里子は思った。目の前に広がる海と空、背後の山の緑、潮風、これ以上ないほどの清らかさが満ちている空間の中にあって、なんと俗にまみれた雰囲気をこの初老の男は放っていることか。

「もっとべっぴんさん、連れてきたで」

その昔は楚々《そそ》とした美少女だった山口妻も、いまではこんな言葉を返すアラフォー女になっている。

「こちら、東京から戻って来たばっかりの、藤木英里子さん。高校の同級生」

英里子は輪の中に押し出され、頭を下げて挨拶する。なんで紹介されるのかわからないが、そうしといた方がいい人物なのだろう。

「ほう。はじめまして。佐橋道風《とうふう》と申す、つまらん男でございます。おい、山口、お前の高校は顔でとるんか」

そう言ってガハハハと笑い、手を差し出す。やはりこの男、自然の中より歓楽街の方が似合うと英里子は確信する。

「佐橋せんせはですね、アーティストなんですよ。ほやけど、この夏は、子供たちに美術を教えてくれとるん。三年前かな、せんせ、隣の小沖島《こおきじま》で芸術祭があったときな、招待作家で来られとったんよ。それが、沖島の方が気に入って、こっちに移り住まれたんですよ」

丁寧語も方言もチャンポンの、いったい誰に敬意を表しているのかわからない言い方で山口夫が彼を紹介した。英里子は目の前の〝アーティスト氏〟に対して相応《ふさわ》しくない印象を抱いたことを反省したが、それでもなお、その強い印象は消え去ってはいなかった。でも、赤銅色の顔にちょこんと二つあるつぶらな瞳は、英里子を受け入れ、親しげに笑っていて、それは英里子にとって、なぜか不快なものではなかった。

「英里ちゃん、この島は初めて？」

いきなり名前で呼ばれたので厚かましいと思いつつも、嫌な気分はしない。

「いいえ、海水浴で何度か。この青海は初めてです」

こういう人、たまにいる。ズケズケ人の領域に踏み込んでくるのだが、その距離感が絶妙でどこか憎めない。そう英里子は彼を解釈する。ちょっと間違えば仙人みたいな風情だが全然枯れてはいない佐橋道風は、その持ち味でたくさんの子供たちを惹《ひ》き付けているようだった。そうやって子供に取り囲まれているのに、突然、

「よっしゃ、今日はこれでもう終わりや。いまからこのお姉さんを島の観光にお連れするでー」

と妙な関西弁を操って、さっと立ち上がったのだ。英里子はあわてて、

「いやいや、私はいいですよ。子供たちと遊んであげてくださいよ」

と断ったが、道風は全くそれを無視し、

「おい、山口。車借りるぞ」

と山口夫に近づいて手を差し出す。子供たちが、えーっと一斉に不満の声を上げたが、すぐに、しょうがねえなあ、と口々に言いながら校庭の真ん中に走り出していった。どうやらこの子らが杉並区の子供たちなのだろう。結局、英里子がここに来た意味はそこで潰《つい》えた。しかし、山口夫も、よくあることさ、というような顔で英里子に苦笑してみせた。

そして英里子は再び、降りたばかりの軽トラの助手席に乗っているのだった。

「英里ちゃん、この島はね、何もないところなんだよ。それが、何よりいいのだよ」

相当荒い動作で車を出しながら、道風が言った。英里子はそれに答えるよりも前に、

ドアの窓枠をがっちりとつかんだ。シートベルトもない車だったのだ。道風はもう妙な関西弁ではなかった。標準語のイントネーションでもない。

「だから、何もないのだよ、案内するところなんて。というわけで、我が家で飲もう」

「は？」

英里子はあきれ果てて道風を見た。ポニーテールにした髪の毛は真っ白だが、憎たらしいほどふさふさしている。意外に肌は若々しいから、それほど年をとってはいないのだろうか。七十四の父よりは若そうだと英里子は想像した。いやそれより、なんでこのオヤジの家に連れて行かれなければならないのだ。いやいやいや、と言いかけると、道風は作務衣と同じ柄の巾着袋から携帯を取り出して、電話をかけ始めた。

「あー、僕。いまから東京のお客さん、連れていくから、酒の用意してくれん？　頼むえ？　とりあえずビールと焼酎だな。ね、英里ちゃん、焼酎は芋？　麦？」

と電話に向かって言ってから英里子を見る。

「え？」

英里子はもう何と答えていいのかわからない。

「まあいいわ、とにかく、あて、こしらえといて」

そう通話の相手に言って電話を切ると、車を山の方に向かって旋回させた。相変わらず乱暴な運転である。

「あの……、もしかして奥様とお住まいとか？」

英里子は、とりあえずこの男と二人だけではないことを確認するように尋ねる。

「奥様？　そんなもんいないよ。それよりね、英里ちゃん、さっき何もないと言ったけど、この島、砂漠があるんだぜ。今度連れてくよ。車では行けないからね」

じゃあいったい、誰が酒の支度をしているのだろうかと、英里子はまた不安になったが、もう乗りかかった船だとこの状況を楽しむことにした。いざとなれば山口夫妻を呼べばいい。

「佐橋先生って、ご出身はどちらなんですか？」

明らかに西の人間ではないと思って尋ねた。なのに、

「おう。コテコテの大阪人ですねん」

とまたおかしな関西弁で彼が答えるので、英里子は冗談っぽく彼を睨《にら》みつけた。

「ちゃいますよね？」

「お、関西弁うまいな。やっぱり、わてはあかんな。福島」

「福島……」

「ああ、もう住めなくなった。牧場で牛を飼っていた。野菜も作っていた。ぜんぶパーだ」

「そちらでも、アーティストを？」

「ああ、福島では彫刻をやっていた。ここらの島は花崗岩《かこうがん》が取れるんだ。それで招聘《しょうへい》された。けど、向かいの島はあまりたたずまいがよろしくない。こっちがいい。それでここに住み着いた、ってわけだよ」

道風の言うことはいちいちインチキ臭い気が英里子にはした。福島出身も騙《かた》っているなら許さないぞと思った。けれど道風のイントネーションは、印象だけれど、福島出身の有名な俳優に似ているような気もした。

「そうなんですか……あ、あそこに人が立ってます」

前方を見ると、山に向かう坂道の脇に、若い女がいて手を振っている。

「わしのファン」

「は？」

道風には驚かされてばかりだった。田舎の人なら面白がって、すぐに魅入られてしまうのだろうと思う。

「いらっしゃいませー」

その娘はにこにこしながら英里子を出迎えた。れいかです、と名乗り、どうぞどうぞとその木造平屋の古い建物に招き入れた。土間があって、その奥の厨房にはまた別の娘がいて、いらっしゃいと言い、皿をお盆に乗せて運んでいる。彼女は、さちです、と自己紹介する。

ささあ、と道風に勧められて座敷に上がった。いろりまではないが、かなり古い、もとは農家のような作りの建物だ。改装すればしゃれた古民家風居酒屋になるかもしれない。大きな座卓があり、そこには既に酒の支度ができていた。

「英里ちゃん、イエスの方舟にでも連れてこられたような顔しないで。心配ご無用」

と道風が言い、娘たちがケラケラと笑った。

「なに、お前たち、イエスの方舟知ってんのか？」

「先生が教えてくれたやないですか」

「あ、そうやっけ」

またケラケラと笑う。

二人は、道風が教えに行っている短大の芸術コースの学生で、夏休み、先生の家に泊まり込みで、お世話をしつつ、アートを学んでいるのだという。道風は女子学生に人気があって、追っかけもいるほどで、二人は宿泊を許された数少ない学生なのだそうだ。

朝、海岸で投げ釣りをして捕ったキスの天ぷらやら、道風が裏の畑で栽培しているというビッグサイズのトマトと胡瓜に塩が添えられて出てきて、その美しい彩りは、英里子を感激させた。

「食べてみな。もっと感激するから」

と道風に言われ、トマトに塩をつけて齧《かじ》り、その甘さとジューシーさに英里子は唸《うな》った。道風も女子学生たちも嬉しそうだ。

「こういう古民家って、まだいくつもあるんですか」

「空き家がね。つまりこの島は空き家だらけ。高度成長期は石材で潤ってたらしいんだがね。もう限界集落よ。住民のほとんどが島を出ていってしまったらしい。こうやって自給自足はできるんだがね。収入がね。この家は役所の人の実家で、しばらくの間、タダで住まわせてもらってんのさ。ただ、金もないから手も入れてない。まあ僕はどんなとこでも住めるからいいがね。この子たちもよく住むよね」

道風がそう言って女子学生を見ると、

「サバイバルみたいなもんです」

と、れいかと名乗った方がまたニコニコしながら言う。

「ムカデとか、天井からぽとっと落ちてきたりするしー」

それには英里子も、ひゃあと声を上げてしまった。若い女の子たちがよく住めるものだと感心する。

「でも、夜は星がめっちゃきれいだし、こんな野菜食べれませんから」

と、もう一人のさちがのんびりした声で言う。

「まあそんなわけよ、英里ちゃん。飲め飲め」

そう言われて飲めない口ではない英里子は、井戸水で冷やしたというビールを喉に流し込んだ。美味しい、と思わず声が出る。

結局、腰を落ち着けて飲む羽目になった。そのうち、山口夫妻も呼び出して大宴会となった。英里子は、こんな民家がたくさんあるのなら、手を入れて、夏の間だけでも別荘として貸し出したら、需要があるんじゃないか、都会の人は喜ぶんじゃないだろうか、と山口夫妻に言ってみた。夫妻は、特に妻が、身を乗り出してきて言った。

「そやろそやろ。子供だけやのうて、ファミリー層に一夏過ごしてもらうとかな。そういうのにぴったりやと思うんやわ、この島のなにもなさは」

観光するところも何もないような島みたいだけれど、ムカデが天井から落ちて来たって逃げ出さない女子大生がいるということは、需要はありそうな気がする。特に山口妻と意気投合して盛り上がっているうちに、最終のフェリーの時間になってしまった。道風が泊まっていけというのを振り切って帰ると言うと、じゃあ僕も行く、とそのまま亀山市までついてくることになった。れいかとさちは驚きもしないので、よくあることなのかもしれなかった。

フェリーの中でも道風はワンカップを買って飲んでいた。船着き場に着いたら着いたで、英里ちゃん、連れて行きたい店があるんよ、と言う。

「ごめんなさい。母にご飯食べさせなきゃなんないので」

「あ、果物屋さんだったね」

「はい」

「じゃ、先に行ってるからご飯食べたら来て」

「は？」

「商家町《しょうやまち》入ってすぐのところだったね」

「ええ、そうですけれど」

「すぐ近く。ずっと駅の方に歩《ある》って行くと右に化粧品屋があるだろ、杉田《すぎた》さん。そこの角右曲がってさ、京極町《きょうごくまち》の方へ行く道の右側。銀馬車《ぎんばしゃ》ってバー」

道風の頭には、もう随分前から亀山市民であるかのように、商店街の地図が入っているようだった。英里子にも、道風の言う店の位置はだいたいわかった。

「いやいやいや、遠慮しときます」

「何言ってんの、英里ちゃん。これから亀山で暮らすんだろ。ご近所は大切にしないと」

そんなことを道風に言われて、確かにそのとおりとも思えたし、実はそれよりも、英里子はこの不良老年に興味を持ち始めてもいたのだった。このまま別れるのはもったいない気がした。

「はあ。では、ご飯食べてから行きます。九時頃になっちゃうかもだけど」

「よっしゃ。ほな、待っとるさかいに」

道風はまた怪しい関西弁を操ると、その前にちょっと軍資金稼いでくるわ〟とタクシー乗り場に向かった。亀山市営のボートレース場に行くに違いない。なんてパワフルなんだと英里子は呆れる以上に感動した。

母は二階でテレビをつけたままうたた寝していた。冷凍ご飯と有り合わせの野菜で炒飯《チャーハン》を作って、二人で食べた。英里子の記憶の中にある母は快活で、よく喋り、夜も遅くまで仕事して、二階でテレビを見ながら売り上げの計算をして、そのあとも、日記を書いたり、父のシャツにアイロンをかけたり、とにかくいつまでも床につかない人だったけれど、このごろは夕食を済ませるとすぐ寝るようになった。風呂ももういい、ということも多い。病院にほぼ一日いるのも疲れるに違いない。今日、お父ちゃん、どうやったの、と聞くと、うん、まあまあ、と言葉少なに答えて、もう寝るわ、と早々と寝床に入ってしまった。

仕事を終えたあと、かつての商店街の親父《おやじ》さんたちはこうやって、夜の街に出かけて行くのを楽しみにしていたんだろうなあ、と想像しながら、英里子は母を寝かしつけ出かけて行く。父はあまり酒を飲まなかったので、こういう風景は見慣れたものではなかった。道風の言ったとおりに、二つの商店街を結ぶ路地に、「銀馬車」というバーはあった。その店以外はどこも開いてはおらず、少し頭をかがめながらでなくては入れない小さな扉の上の紫色のネオンは、まだこの商店街が昭和だった頃に英里子を引き戻した。

中に入るとすぐ、道風が目に入った。四、五人しか入れそうにないカウンターだけの店だが、そのカウンターが曲線になったところに彼はいて、英里子を見るや、あらあ、英里ちゃんいらっしゃい、とおかまバーのママみたいな声を出した。すでに相当酔っぱらっている。カウンターの中の本物のママは、噂の英里子さん登場ね、と迫力のあるハスキーボイスで言った。体も顔の造作もすべてが大きい人で、襟ぐりの広く開いた、外のネオンに負けないくらい鮮やかな紫のぺらぺらしたブラウスと、そこから覗く胸の谷間が目を引いた。同じ色のスカーフが若者でも染めないような赤毛の髪を包んでいる。大きな石のついた指輪が複数個はまったふくよかな指で、おしぼりが手渡された。

カウンターの隅っこに、一人、人の良さそうな男が座って、水割りを飲んでいた。英里子が道風の隣に座るやいなや、ママはお通しの小鉢と割り箸をセッティングしてくれる。

「お父ちゃん、入院しとん？　河田病院さん？」

いきなり聞かれて、それも父の入院している病院まで言い当てられたのには驚いた。

「はい。よくお分かりに……」

「透析で入院できるゆうたら、河田さんくらいやけんな」

ちょっと怖そうな感じもしたのに、こうやって地元の言葉で喋られるとほんわかするなあと英里子は思った。道風の入れたボトルの焼酎をお湯割りで飲むことになり、小鉢の煮物をつついて、英里子はまたびっくりした。

「このお野菜、美味しい!」

ママが得意げな表情で英里子を見る。

「本当に美味しい。いい味付けですねえ。うちの母のよりは明らかに美味い」

「ママの料理は天下一品。なんせ苦労してるからね」

と道風が口を挟み、それを受けてママが、

「ほんまほんま。男に裏切られてばっかりで、女手ひとつで三人育てたけんな。そら、しんどかった」

などと言って、なぜか道風に訳ありそうな視線を送る。端の男が思わず失笑してしまったようで、ごめんなさい、と小さな声で謝った。すかさずママが紹介する。

「こちら、安岡《やすおか》さん。電器屋さん。ほら、港町の」

港町というのは、京極町、商家町、桶屋町《おけやまち》と四つあるアーケード街のひとつで、南北に走る京極町、商家町の長い二本の商店街を一番北側で繋《つな》ぐ通りの名だ。アーケードが最初にできたのが藤木フルーツのある商家町で、もともと八百屋や肉屋、魚屋といった、食料や生活用品を扱う店が多く、京極町は呉服屋とか宝飾店といった贅沢品《ぜいたくひん》を扱う店が中心だったらしい。桶屋町は名前の通り、職人が多く、港町はかつては、すぐそばまで海で、港湾労働者が利用する一膳飯屋なんかが軒を連ねていた。英里子の家は商家町の入口だったので、そんなことをよく覚えていた。小学校の授業で習ったのだ。郷土史の時間があったのかもしれない。そういえば、港町に、小さな電器屋があった。

英里子は電器屋の男に頭を下げる。黒縁眼鏡の奥の目はとても善良そうで、優しい。

「藤木フルーツさん、たまに配達行かせてもろてます」

と安岡はニコニコしながら言った。笑うと目がなくなる人だった。

「あ、そうでしたか。お世話になってるんだ。何か電化製品でも買ってるのかなあ」

「ああいえ、電球とかソケットとか」

「へえ、そんな物でも配達してくださるんですか」

英里子が驚くと、

「そうだよ英里ちゃん、こんなとこの商店街はそうでもしないとやっていけないの。やれ電気が点《つ》かんやらテレビの映りが悪いやら」

と道風が代わりに答える。

「はい、どんなことでも伺いますんで、何でも言うてください。うちで買うたもんやのうても。故障も直します」

「素晴らしいですね。これぞ街の電器屋さん。あのう、じゃあさっそくご相談ですけど、地デジになって、テレビのリモコンがうちの母、ぜんぜんわからなくなったらしいんですよ。もっと簡単な方法ないですかねえ、ケーブルにも入ってるんでなんか複雑らしくて」

英里子は、胸に「安岡電器商会」と刺繍《ししゅう》の入ったつなぎを着ている安岡に、完全に体を向けて言った。そして、仕事も終わっているのだしもっとリラックスした格好で来ればいいものを、きっと律儀な人なんだろうなあと好感を持った。

「はい、いつでもお伺いしますよ」

「ほんとですか？　助かります」

「あらま、もう商談成立？」

ママがパンパンと手を打ち鳴らし、

「英里ちゃん、安岡さんはほんまにえらいんで」

と、安岡のいる前で話し出す。安岡には兄がいるのだが、家を継ぐのが嫌で関西の大学へ行ったきり戻ってこない。父が始めた電器屋だが、その父も安岡が三十のときに亡くなった。今は病身の母と小さな店を守っている。ママが言うには、今時珍しい孝行息子で、病院で母親を気遣っている彼の姿をよく見かけるそうだ。来年、もう五十だそうだ。

「ほやのにお嫁さんおらんのよ」

本人が一言も発しないのに、ママは安岡電器商会の内情を全部喋る。プライバシーもなにもあったものではないけれど、安岡はそれを止めようともしない。いつものことなのかもしれない。新しい客には全部語って聞かせ、もしかしたら暗に花嫁募集しているのかも、と英里子はふと思って、ん？　それってもしかして？　という顔でママを見た。

ママは黙ったままニヤニヤしている。

「あー、英里ちゃんはダメダメ。都会で暮らしてた女に電器屋の女房は無理無理。ね、そうだよな」

酔っぱらっていたはずの道風がむっくりと体を起こしてまた口を挟む。変な流れになってきたので、英里子は聞かれてもいないのに自分のことを話してしまう。

「いえ、あたしなんかバツイチですから、安岡さんみたいな立派な方にはとてもとても」

「はれ、そう」

ママも道風も意外な顔になった。しばらくしてから安岡を窺《うかが》うと、照れ笑いでもしているように目を伏せ、手元のグラスを口に運んでいた。電器屋の女房は確かにあたしには無理だ、と英里子は納得する。

嫁取りの話はそれでうやむやになって、ひとときの間、それぞれがゆっくりと酒を味わった。よく煮汁のしみ込んだ野菜を味わっていると、ママが胡瓜ともろみを一緒に皿に乗せて出してくれる。

「美味しいんですよね、胡瓜」

英里子がつぶやくと、今、旬やからね、とママ。

「そうなんですか？　七月の頭が胡瓜の旬なんだ」

「そうよ、知らんかったん？」

「ええ、果物屋ですんで」

そう言ったものの、果物の旬だって知らない。ママがちょっと前までトマトやったね、これからは、インゲンとかとうもろこしとか、お茄子《なす》は夏の終わり、そんで秋になったら、お芋やね、と教えてくれる。そうか、ちゃんと旬に食べると美味しいのか、と当然のことを英里子は知った。まだ田舎に戻ってきてほんのふた月ほどだが、駅のスーパーに並んでいる野菜も、東京に比べると二、三割は安い印象で、そのうち、産地を確認するようになり（東京ではまずしなかった）、必ず県産のものを買うようにしていた。トマトでも胡瓜でも明らかに安くて見かけも新鮮だからだ。

「英里ちゃん、知ってるか、讃岐《さぬき》はな、産地から消費者の口に入るまでの時間が日本で一番短いんだよ」

すっかり体を起こして、道風が真面目《まじめ》な顔で言う。

「地産地消が行き渡ってるってことですか？」

英里子は俄然《がぜん》、野菜ルートに興味がわく。

「まあ、面積が狭いからな、そのわりに道路網が発達している。これはあんたんとこの果物屋にも言えることやぞ」

「藤木フルーツさんはもうやめてしまうん？」

ママが突然そう言い、三人の視線が英里子に集まった。英里子は家業のことなど実は何も考えていなかった。継続しようという意志の入る隙間もなかったと言うべきか。父が倒れたときから、とりあえず注文はすべてキャンセルし、その後の仕事も受けてはいないし、父なしにはできるとも思わない。たとえ父が回復したとしても、もう仕事を続けるのは無理だ。

「惜しいです。なんとか続けられんですか」

安岡が初めて英里子の目を正面から見て、三人がびっくりするくらい大きな声で言った。

「はあ。でもやっぱり無理……」

「そんなこと言わんと、せっかく亀山戻ってきたんですから。僕らも力を合わせたらなんとかできますよ」

安岡は真剣な顔になっている。

「そうよ英里ちゃん、やろやろ」

「そうしよ、決まり」

気がつけば、「銀馬車」にいるみんながそんなことを言っている。全員、今日知り合った人ばかりなのに、と英里子はおかしくなる。

「はいはい。わかりました。考えときます」

どうせみんな酔っぱらっているんだし、適当にそう答えて、もう十一時を過ぎているのに気づいて、帰ります、と言って席を立とうとすると、あとの二人も帰ることになった。ママが扉の外まで出てきてくれて、さんざん褒めた胡瓜と煮物に使われていた茄子を、いっぱいレジ袋に入れて英里子に持たせた。

「うち、明日休みやし。お母ちゃんと食べて」

バーに来て野菜をお土産にもらうのも初めての経験だと思い、英里子はありがたくいただくことにした。バーの料金を払おうとしたら、ええのええの、道風せんせに付けとくから、とママは受け取らなかった。もう随分先を歩いていた道風は振り返って、アーケード街を散歩しよう、と大声で言うので、少し歩いてみようということになった。

藤木フルーツのある商家町ではなく、もう一本の京極町に向かう。道風はあっちへよろけ、こっちへふらつき、それでも調子良く歩いていく。安岡と二人、少し遅れたので、

「安岡さんはずっと亀山ですか」

と聞いてみた。

「はい、ずーっと。高専行って、そのままうち手伝《てつど》うて」

「へえ、高専かあ。優秀。どこか就職しなかったんですか」

「はい」

「なんか、もったいない、っていうか」

「ほんまは、絵が描きたかったんや」

「へえ、そしたら工芸高校行ったらよかったのに」

「うん、親が絵描けたって食えん、ゆうて」

安岡はいつの間にか友達言葉になっていた。英里子より十も上なのだからこれでいいのだ。表情も、バーにいたときより柔らかくなっている気がした。眼鏡の奥の目は小さくてかわいらしいことを英里子は知った。

絵が描きたかったのに、兄が継ぐものと思っていた家業を継ぐことになり、きっと慎み深いシャイな性格なのだろう、嫁に来てくれる娘もおらず、母の面倒を見て五十になるまでこの小さな商店街に留め置かれてきた人。いまや安岡電器商会から新しい家電を買う客などなく、単価の安い乾電池や電球や、買ったとしても加湿器や電気ポットくらいなものだろう。あとは道風が言っていたように、エアコンが動かん、だの、ヒューズが飛んだ、だの、機械に弱い老人たちの依頼に、この人は電話一本で飛んでいくのだろう。しかし老人たちにはこんな街の電器屋さんが最も必要なのだ。この人の女房になる気はさらさらないが、ぜひともがんばってこの商店街で生き残ってほしいと思う英里子なのだった。

京極町商店街に着いた。この時間ともなるとさすがに人っ子一人いないですね、と漏らすと、この時間でのうてもおらんがな、と安岡が苦笑する。そこは全長三百メートルほどの商店街のちょうど真ん中あたりだったが、お城側の入口を見ても、海側の入口を見ても、ほとんど見える景色は同じだ。すべてシャッターが閉まっているからだ。シャッターが閉まっていても防犯のためではあるのだろう、アーケードには薄暗い蛍光灯がついていて、全体はよく見渡せる。英里子が小学生の頃、商店街の悪ガキが、夜、ここを自転車で全速力で駆け抜ける競争をしていたものだ。車は進入禁止なので、人通りさえなければ危険というほどではないだろう。いまは風が吹き抜けて行くだけ。その空間のど真ん中に、不良老年が仁王立ちしていた。

「オーソーレミーオ～」

突然歌いだした。声量があって、なかなかいい声だ。

「あなた～の燃える手で～あたし～を抱きしめて～」

もう歌が変わっている。イタリア歌曲から日本語シャンソンへ。英里子は安岡といっしょに、ヒューヒューはやし立てた。

「あ、それっ。みずの～おおお、出花あ～と、二人が仲あああ～わあっと」

道風は歌詞がわからなくなると、すぐ別のジャンルに移るようだ。

「あら、今度はなんやろな」

「なんでしょうね。小唄かなんか」

ちんとんしゃん、と口三味線も飛び出しているので、日本の伝統音楽ではあるようだ。

英里子も大声を出したくなって、道風がちょっとつまった隙に、

「わあ〜〜〜〜〜」

っと、北から南に向かって顔を振って、思いっきり声を張り上げた。そして、駆け出した。

あっという間に、道風を追い越して、南に向かって走った。シャッターで塞がれた、木が一本もない森の中を走っているかのように。風を切って気持ちがよかった。出口がどんどん大きくなってきて、その向こうに、ライトアップされたお城の天守閣が見えてきた。それもだんだん大きくなってきた。入口であり出口でもあるアーケードの端にたどり着いたとき、そこが一瞬どこなのかわからなかった。息が切れていた。昼からずっと飲み続けた酒が全身に行き渡ったような気がした。商店街の出口には、昔、国道だった幹線道路が走っていて、そこには商店街の静けさからは想像もつかない喧噪《けんそう》があった。どっちが本当の亀山市なのだろうと英里子は当惑し、たたずんだ。かつてこの街は、このアーケードの中にこそ、喧噪があった。心地よい喧噪だった。

後ろからばたばたと雪駄《せった》の音が追いかけてきて、英里子は振り返った。道風と安岡がそこにいて、二人とも息を切らしていた。

「ねえ、道風先生、安岡さん」

英里子はもう若くはない二人の前に立ちはだかって言った。

「この商店街、復興させましょう」

二人の小さな目、四つがともにまん丸になって、英里子を穴のあくほど見つめる。その目をかわるがわる見ながら、英里子は宣言する。

「あたし、決めた。ここを復興させる。昔みたいに、人がたくさん通って、楽しかった街にする。どうですか、賛同してくれますか？」

二人の中高年の後ろには、不可思議な世界が広がっていた。三百メートルも続く直線の道、下はきれいにタイルが貼られ、アーチが覆い、一つ一つの店からは看板が突き出ている。なのに人のざわめきも聞こえない。人いきれもない。猫の子一匹通っちゃいない。そして、三百メートル先は、闇。

こんなのやだ。

「よっしゃー、わかった」

第一声は、道風だった。愛の讃歌を歌い上げたときと同じく、よく通る、ぐっとくる声だった。そしてもう二つのつぶらな瞳は、驚いたことに潤んでいた。よくわからないが、英里子にはそう見えた。英里子の方が目を見開く番だった。安岡は英里子に駆け寄ってきた。そして英里子の両手を自分の両手で外側から包み込み、最後に力を込めた。手に持っていたレジ袋から胡瓜がこぼれ落ちた。

「はい。そうしましょうー」

二人の手の上に、道風もその赤銅色の、皺の刻まれた手を重ね、言った。

「桃園《とうえん》の誓い、だな」

「あ、三国志、ですね。あたし、劉備《りゅうび》がいいな」

高校のとき「三国志」にはまったことのある英里子はちょっと嬉しくなって言った。

「じゃあ、僕は張飛《ちょうひ》ですかね」

「そうきたか。じゃあわしは孔明《こうめい》だな」

「孔明はこのときいませんよ。関羽《かんう》ですよ」

安岡もどうやら詳しいらしい。

「あ、そうか。じゃ、いずれ軍師がいるな」

なんだかわけがわからないうちに、雨漏りのしそうなアーケードの下で、その日初めてあったオヤジ二人と、英里子は大変な誓いをしてしまったようだった。

4

父の入院している河田病院までは藤木フルーツから歩いても十五分で行ける。ありがたいことに母の足腰はしっかりしていて、そのくらいの距離ならスタスタ歩く。むしろ英里子の方が往復三十分の日課にへばっていた。昔、ここにいた頃、駅から西の方にかけてはあまり足を向けたことはなかった。小さな町なのに、どうしてその一部でしか暮らしてこなかったのだろうと、英里子は訝《いぶか》しく思う。自転車でどこへだって足を伸ばせたのに、あまりなじんでいない土地に行くと（何百メートルも離れていないのに）、どこをどう走ったらいいのかわからなくなってしまうのだった。それ以上先に行くと、戻ることが大変なような気がしていた。あの頃は、ほんとうに小さな宇宙で暮らしていたのだ。東京に出てよかった、と思う。こんな小さな宇宙で、ちょっとでも見知らぬところへ行くと心がざわざわして、見知った顔の人たちだけに囲まれて生活していたら、井の中の蛙も蛙。どんな人生になっていただろう。井の中の蛙は、空の青さを知る、なんて続きもあるそうだけれど、大海を見なければ空の青さだってわからないんじゃないか。

母と手を繋いで歩きながら、いまここに戻っているとはいえ、二十年前の選択は間違ってはいなかったのだと、英里子は信じ込もうとしていた。

かつてなじんだ土地ではなかった、商店街付近より少し土地が低くなっているあたりに、河田病院はあった。正面玄関は立て替えたばかりで美しく、外来の受付は今風にパステルカラーを使った明るい雰囲気だが、入院棟はそのロビーを抜けて、本館の通路を渡ったところにある昔のままの建物であった。もちろん古いのは建物だけで、器具や什器《じゅうき》は新しいのだが、天井が低く、壁も灰色で、どことなく暗い感じがする。でも仕方がない。入院して透析治療ができ、歩いて通える病院はここしかないのだ。

でも四人部屋で、窓際のベッドなのは幸いだった。あとの三人も全員、透析が必要な高齢者だ。

「お父ちゃん、来たで」

平日の面会は午後だけだ。今日は、二日に一度の午前中に透析をする日なので、ちょうど昼食が終わった頃に母と訪れると、透析の終わったばかりの父は、

「おう」

とうめくような声で答えた。

当時としては身長も高い方で、英里子には自慢の父だったが、いまは見違えるほど痩せ衰えて、目も落ち窪《くぼ》み、消え入りそうな声しか出せない人になってしまった。透析を開始するときには、高年齢で血管が細すぎるため、肩からカテーテルを入れる手術をして、新たに血管を作らねばならなかった。見ているだけで痛々しかった。でも英里子には、生きていてくれるだけで嬉しいのだ。

母はあー涼しい、涼しいと言いながら、ルーティンのように、窓際の丸椅子に腰を下ろして、まず父の手をさすり、髪の毛を整えてあげる。特に言葉は交わさず、柔らかな表情になって父をただ見つめている。透析をして血を入れ替えた直後は、父はいつも体がだるそうだ。血が入れ替わって元気にはなっても、体の負担も大きいことがよくわかる。

「昨日は来れんでごめんなあ。島行ったんよ」

「島？」

「うん、沖島。昔、海水浴行ったん覚えとる？」

「そんなことあったかの」

「お父ちゃん、亀の甲羅に乗せるみたいに私を背中に乗せて、沖までスイスイ連れて行ってくれた。かっこええ思た。私が何度でも何度でも同じことさせたけど、何度でも岸と沖を往復してくれた」

言いながら、そのときのことを英里子ははっきりと思い出していた。果物屋は休日もなく、日曜だからといってどこにも連れて行ってもらえなかった。家族で島へ海水浴に行ったのは、数少ない思い出だ。一年に何日もない休みに、父は英里子を沖まで何度も連れて行った。浜にいる母がどんどん小さくなるのが、寂しいような嬉しいような気がした。ずっと父を独占できるのが嬉しかったのだ。海の上は天国みたいと英里子は思った。

「ほんまか？」

父は覚えているようには見えなかった。落ち窪んだ目が閉じてしまいそうだった。目が閉じそうになると笑っているように見えた。笑顔とも寝顔とも取れるような顔だった。英里子は悲しくて寂しくて切なくて、でもその顔を見ていると、心が穏やかになっていくのだった。健康だったときからそうだった。父のそばにいると、心が穏やかになれた。昔はそれが物足りなかったのだと、いまになって英里子は思う。刺激のないこの人と、何も話すことなんかないと思い込んでいた。だから、ここへ戻って来なかったのかな、と思う。でも、いまは痛切に、またあの果物屋に戻ってきてもらいたい、店先で客と談笑する姿を見たいと心から望んだ。けれどもそれはもう、かなわぬことなのだ。

「入院先で、少しずつ、死を迎えられることになると思います」

と、主治医は言った。だから、苦しまないで、少しでも長く、そばにいてほしいと英里子は願っていた。

「お父ちゃん、また果物屋、やろうね。昨日、島行ってな、変な芸術家のおっちゃんと知り合うて、商店街、復興しようという話になったんや。あ、知っとる？　安岡電器の息子。次男や。その人も一緒に」

父の目はほとんど閉じてしまっていたが、英里子は構わず喋った。どれくらいわかっているのか知らないが、父は時々頷《うなず》いてくれる。なんだか大見得を切ってしまったな、と昨夜のことを思い出して、英里子はクスリとする。そのとき父が口を開いた。

「つろうなったら、いつでも帰ってこいや」

「え？」

慌てて英里子は父を見た。相変わらず眠っているような顔だ。母はそんな父の手を握ったまま、ベッドに頭を乗せて、こっちは本当に眠ってしまっている。

「つらくはないよ。でも帰ってきちゃったよ」

父に向かってはっきりと言った。少し、嘘だった。つらくなくはなかった。

「だからもう大丈夫。商店街、復興させるから。また、藤木フルーツやろう、いっしょにやろう」

母が握ってない方の手を英里子も握りしめて言った。父は今度はしっかりと頷いた。父がまた店先に立って、奥で母がレジを打っているところを思い描いた。英里子は何をしているのだろう。二階でお金の計算でもしているのだろうか。けれどもとにかく、父と母のそばにいて、いまは幸せに違いない。そう英里子は思うことにした。


以前から常々思っていた、「東京の人より田舎の人の方が運動不足である」ことを、英里子はこの二か月で確信した。駅の階段を駆け上がるなんて芸当は、どこへでも車で移動する亀山市の人には無理だ。東京では週に一度はスポーツジムに通っていた英里子も、すっかり体がなまってきた。ある日、新聞にスポーツジムのチラシが挟まっていた。場所も近そうだし、八月末までに申し込むと入会金無料で、三か月間は月額千円で利用できるというキャンペーン中で、さらにネットでの申し込みはタオルサービス券進呈、とあったので、メールで申し込んでみたが、待てど暮らせど返事がない。八月末までもう日がないので、電話をかけてみた。とりあえずすぐに、若い女の元気な声が応答する。

「はい！　オオヤマスポーツ亀山店です！」

十日ほど前にメールで申し込んだが返事がない旨説明すると、

「あー、すいませーん。いつ申し込みましたか。それがいま、メール、具合が悪うてつながらんようになっとって……」

あろうことか最後の方は笑ってしまっている。英里子はカチンときた。だいたい、申し込みましたか、じゃなくて、申し込まれましたか、だろうが、という言葉は飲み込み、少し怒った声になって言った。

「だから十日前、えっと十八日です」

「あー、十八日やったら、もう消えてしもとって」

そう言ったきり、彼女は黙ってしまった。

「それなら、どうやって申し込めばいいんですか。いま、この電話でいいの⁉」

「いやー、それが、申し込みがきすぎてパンクしてしもて」

また笑っている。さすがに頭にきた。いったいなんなのだ。申し込みが殺到してパンクしているなら、あらかじめ想定問答もできあがっていそうなものではないか。今初めて苦情を受けて戸惑っているかのような、この応対。しかもすでに敬語ですらない。私は友達か。英里子はカッカしてきた。たとえバイトだったとしても、あなたはいま、このスポーツジムを代表しているのよ。

「じゃあ、申し込めないんですか。私、新聞のチラシ見てメールしたんですけど。八月末までなら入会金無料、三か月は月額千円。それは電話で、いま、申し込んだらやってくれるんですか？」

さらに英里子をいらいらさせるのが、いちいち英里子の言葉に彼女が、うんうん、と応対することだった。

「うん、それもできんのです、たぶん」

もうだめだ。堪忍袋がどんなものか見たことはないが、そう呼ばれている袋がビリビリと破けて、そこからドロドロした固体とも液体ともつかぬものがこぼれだしてくるのを、英里子は感じる。

「たぶん？　たぶんって何？　ちょっと、他のわかる人に代わってもらえない？」

「うん、それが、いま、受付に誰もおらんので。食事中で」

食事！！！　英里子は驚愕のあまり、言葉を失った。このスポーツジムがどんなところだか知らないが（チラシの写真には、筋トレ用の機材は充実しており、自然光の入るプールもあり、シャワー完備、アメニティーも各種揃《そろ》った、素晴らしい空間のように映っている）、申し込みがパンクしている状態で、一人、事情の分からないバイト（だかなんだか知らないが）を留守番に、お昼に行っている。こりゃあかんわ。

「なあ、あんた、バイトな？」

英里子はもうどうでもよくなって（すでにジムに通うという目的はどこかへいってしまった。こうやって話している間にも、他の怒り狂った客が待たされているのかもしれないのだが）、なぜ、このような事態になっているのかを調べる方に興味が移っていた。

「え、一応、社員、ゆうか、バイトみたいなもんなんやけど」

「なにそれ？　普通の社員、いうのはおるの？」

「へへ、すんません。人、おらんの、いま」

「いっぱい電話かかってきたんちゃうん？」

「そうなん。メールぶっ壊れてしもて、電話はじゃんじゃん鳴るし、困っとん」

「そやのに、みんなご飯行ったん？」

「そうなん。ふふふ」

また笑う。もう腹も立たなくなった。

「入会金ゼロゆんが、効いたんちゃう？」

「そうなん。ほやけど、メール申し込みに限るゆうんで、電話の申し込みでは受けれんて言われるし。そしたら、客も怒るでなあ」

「そらそうや」

「ほやけん、全部、止まってしもとん」

「ほんま。たまらんな」

馬鹿馬鹿しくなってきて、そのあとは、彼女に対して同情心すらわいてきて、あんた、どこの学校行っきょん、とか、ちゃんとお金もらいよん、とか、雑談して電話を切った。受話器を置いてからしばらくの間、英里子はぼんやりし、そのうちおかしくなってきて、一人で笑った。そして一つの事実を発見した。

田舎には敬語が存在しない。

普通なら敬語が存在すべき状況である、客と従業員という関係にあってさえ、それは存在しなくてもよく、そのことが逆に、双方の関係性を和やかにし、コミュニケーションを円滑にするのである。その会話術を会得すれば、垣根は消えて、無駄な労力が減り、先に進めるということもわかった。おそらく、子供の頃、亀山で育っていた頃、そのような状態の中に自分はいたのだ、と英里子は気づく。そしてもちろんそれは亀山市に特有なことではなく、そんな中で育った人たちが、都会（東京以外は含まない）に集まって、人との間に垣根を築き、コミュニケーションを一からやり直しているのだ。なんて無駄なことをしているのだろう。

それに気づいたときから、英里子はふっと力が抜けたようで、楽になった。高校を卒業するまで、ここであたりまえのように過ごしていたときのように、亀山の言葉で起き、活動し、寝る、という生活になった。英里子は十八で東京に出て、三十九で戻ってきたので、亀山と東京で暮らした年月はほぼ半々だったが、やっと二巡目に入った、ということなのだと思った。これからは亀山市の商店街、藤木フルーツの娘、藤木英里子として、二巡目を生きていくことになるのだと。

スポーツジムで、なまった体を鍛える計画はあえなく頓挫したので、せめて亀山城登山でもしようかと思い立った。今月に入ってからもずっと五時半に目が覚めていた。いったん目が覚めるとそれ以上眠っていられない。母は高いびきで熟睡しているので、五時半から動き出すこともできず、布団の中でじっとしているのももったいない気がしていた。そこで、そおっと布団を出て、長袖Tシャツに綿パン、つばの広い帽子をかぶり、化粧もせずに家を出る。

五時半にはもう日は高い。市の中心にある亀山城までは、商店街の長さと同じくらいの距離を歩く。正面の大手門《おおてもん》を目指し、そこから城の敷地内に入っていく。砂利が敷き詰められていて、一つ一つの石がもうすでに熱くなっていそうだ。門を入ると右手にすぐ二ノ門。こんなに立派な門だったかしらと英里子は驚く。そこを抜けると、いよいよ登山道だ。かなりの急勾配で、ここで、小学、中学、高校と、毎年冬にはマラソン大会があったことを思い出す。いや、小学生のときは、この坂道はさすがにコースに入っていなかっただろうか。

京極町に大きな呉服屋があり、そこの息子で真人《まさと》という同級生がいて、中学のとき、この坂道を自転車でブレーキをかけずに降りるという肝だめしをやって、うまく止まれずに石垣に激突、自転車は大破、足の骨を複雑骨折する大事故が起きた。真人はおとなしい子だったのでみんな驚いたが、クラスの悪ガキグループに無理矢理やらされたというのがもっぱらの噂だった。お兄ちゃんが呉服屋を継いだが、真人はその後、日本舞踊の名取りになったはずだ。怪我《けが》もちゃんと治ったということだろう。そうそう。英里子は思い出した。商店街から一本路地を入ったところに、踊りのおっしょさん（お師匠さん）の家があったのだ。真人はそこに通っていた。坂道を上りながら、いろんなことを思い出す。

空は両側から伸びる木の枝で覆われていて、太陽の光を遮り、気持ちのいい風が吹き抜けていく。それでも登りきったときには英里子は汗をかいていたし、息も切れていた。ここからブレーキをかけないで降りるなんて無茶もいいとこだ。振り返ってそのとんでもない角度の坂を眺める。少なくともひ弱だった真人には無理だ。真人は手が女の子みたいに白くて、きれいな指をしていたのを思い出して、胸がきゅんと痛んだ。日本舞踊のいい踊り手になっていたらいいなと思う。

そこからはもう日を妨げてくれる木はない。石畳からの照り返しもきつくなった。六時は過ぎただろうか。こんなにも夏の日は早く始まるのだ。石畳を踏みしめ、さらに高い石垣を目指してどんどん登っていく。二度角を曲がると、日本で一番小さい天守閣が見えてくる。桜が満開の頃は、天守が隠れるくらい、桜の枝が空に向かって突き出していたはずだ。十何年、ここには来ていないが、どんな場所だったか全部思い出せるのが、英里子には不思議な気がした。

天守閣があるところはちょっとした広場になっていて、北、西、南側の亀山市街を見下すことができた。天守閣が大きな影を作り、その影の中で、英里子はひととき涼んだあと、北側の海の方向を見て、遠くに、この間渡った沖島を眺めた。視線を徐々に手前に移していくと、フェリーが発着する港があり、港の手前に駅があり、その駅から古ぼけたアーケード街が二本と、それをつなぐ二本が通っているのがなんとなくだが見える。藤木フルーツがある場所の見当もだいたいつく。まだあそこで母は眠っているのだ。

そこからお城までは、市役所や消防署、警察署、裁判所などがまとまってある官庁街、お堀、さっき入ってきた大手門。そしてここまで登ってきて、そうか、六十メートルってこんなに高いんだ、と改めて思った。ビルにしたら何階くらいなのだろう。こんな高さのビル、東京にはいくつでもある。東京の人は、こうやってビルの展望台から自分の家を探すことなんてできないだろうと思うと、いまの英里子の方がちょっと鼻が高い。そんなことを思って、馬鹿みたい、と思わず口にした。

亀山城の敷地のすみずみまで、子供の頃は遊び場だった。秘密基地にしていたところもあったので、そんな場所に寄り道しながら英里子は降りてきて、商店街の入口まで戻ってくるとちょうど一時間が経過していた。背中が汗びっしょりだ。家に帰ると母はまだ寝床にいたが、目を覚ましていた。

「どこ行っとったん？」

「お城登ってきた」

「へえー、暑かったやろ」

「うん、ほんだけど、気持ちよかったで。さ、朝ご飯にしょうか」

翌朝、筋肉痛になったが、英里子は朝の散歩がとても気に入り、その日から一週間休むことなく続けた。母も誘ってみたが、お城登るなんかえらい（しんどい）、とまるで興味を示さなかったので、毎朝一人で向かった。日の出の時間が少しずつ遅くなっていくのがわかった。これからどんどん冬至に向かっていくのだ。あえて時間を決めず、目の覚めた時刻に起きて、出かけた。

その日、いつもより少し遅くなった。天守閣まで登ると人が数十人集まっていた。これまでも散歩する老人たちには毎日のように出会っていたけれど、その日の彼らは明らかに、何らかの目的があって集まっているようだった。

やがて一人の老人がラジオをつけて、広場の真ん中のベンチに置いた。ニュースと天気予報があって、そのあと、アナウンサーが言った。

「六時半になりました。ラジオ体操の時間です」

老人たちはラジオに向かって集まってきて、一斉にラジオ体操を始めた。

六時半ちょうどに英里子がここに着くのは初めてだったのだ。単なる偶然とも思えず、英里子も輪に加わった。初めての声を出す。初めて会う人たちだけれど、おはようさん、と声をかけられる。そして、ラジオ体操第一。そのあと、首を前後左右に動かす運動が入って、次は、ラジオ体操第二。英里子は第二を知らなかったので、正面の老人たちの振りを真似《まね》した。全部通してやると、結構疲れて、汗が吹き出ていた。体操が終わると参加者は三々五々、談笑しながら帰って行く。

「おねえさん、初めてやな。はい、これ。また来てな」

中年女性が近づいてきて、包装されたのど飴をくれた。

「はい。毎朝、ここでやっとられるんですか、六時半に」

「そうやー。来てよー、明日も」

こうして、英里子の亀山城登山は、六時半着と決められた。そのためには家を六時十分に出ればいいこともわかった。ラジオ体操第二も徐々に覚えた。集まる人たちの中で、明らかに英里子が最年少だと思う。客観的に見て、老人会の集まりのような集団の中で、〝若い〟(といってももう四十の)自分が混じって、こんなに朝早くからラジオ体操なんかしていることが、ひどくダサイことに思えたけれども(自分を振った和牛が見たら何というだろう、とまで英里子は想像した)、集まってくる老人たちも特に新参者の英里子に気を留めるでもなく、仲間同士で自由気ままに体操をして帰っていくのだった。その空気は英里子には好ましかった。ラジオ体操の振りも、参加者はかなり適当にやっていることや、誰の振りが一番正しいかもわかるようになった。

十日間、ラジオ体操を続けた。おねえさん、よー来とるなあ、ここの人な？　となんとなく見たことのあるおばさんに聞かれ、商家町の藤木フルーツの娘だと言ったら、いきなり、「ほんなら、英里ちゃんな」と言われてびっくりした。母のこともよく知っている、桶屋町の金物屋のおばさんだった。父が入院していると話すと心配してくれて、今度、店を訪ねてみると言った。

「お父さん、商家町がさびれてしもうても、よー頑張っとったのに」

と、彼女がぽつりと言うのに、英里子は年をとってからも元気に働いていた父の姿を思い浮かべた。まじめで働き者だった父が、いつの間にあんなに腎臓を悪くしてしまったのだろうと思うと、それに気づくことのできなかった自分の無力さが腹立たしかった。

まだまだ暑かったけれど、真夏の太陽がそろそろその光を弱めつつあると感じた朝だった。体操を始める前に体を動かしていたら、英里子の隣の小さく空いたスペースに、この十日間は少なくとも見なかった男が位置を定めた。英里子は軽く会釈した。もちろん毎日、どんな人が来ているかをチェックしているわけではないが、明らかに初めて見る顔だったし、何より英里子と同じ〝若い〟部類に入る男だった。英里子より少し年上だろうか。

　そのうえ彼は、英里子が亀山に戻ってきて会ったひとたち、たとえば、山口くんや、安岡電器や、佐橋道風といった男たちとは違うものを身にまとっていた。それは亀山城天守閣のこの広場で、ラジオ体操をする人たちが持ち合わせないものだった。その相容《あいい》れなさは、英里子の比ではなかった。着ている物や風貌の違いではない。少々着古したような、胸に「ＨＥＬＰ！」とだけ文字の入ったＴシャツに、膝下丈のバミューダ、足首までのソックスの下も、なんということもないスニーカーだった。けれどＴシャツにしても、亀山のスーパーで一枚千円で買った、という感じではないのである。

　第二体操が終わって、いつものように三々五々、人々は去って行く。男が英里子に笑みを投げかけたような気がしたので、思い切って声をかけた。

「あの、初めていらっしゃいましたか？」

　久しぶりに敬語で喋った。たぶん、彼の返事で、地元民でないことがきっとわかる、と確信する。

「あ、ぼくですか？　いえいえずっと来てたんですけど、しばらく夏風邪ひいちゃってて。あなたこそ、初めてお見かけしますが」

　思った通りだった。久しぶりに聞く、いわゆる標準語だった。〝あなた〟と呼ばれたことに、英里子は胸が一瞬ずきんとした。

「そうでしたか、それは失礼しました。あたしは、十日前から来てまして。こちらの方、ですか?」

こちらの方、でないことがわかっていて、英里子は尋ねた。

「いえ、ドサ回りで」

「ドサ回り?」

「いや失礼。転勤で来ました」

出身まで聞かなくてもよかった。おそらく東京の人だ。ハンサムでも背が高いわけでもないのだけれど、「すっ」としている。メタルだが縁の凝った洒落た眼鏡をかけていて、正面から見ると、英里子とは一回りは違うかもしれないと思った。けれど若々しさと都会っぽさが彼にはあった。

「亀山市に転勤で?」

「あ、会社は高松。でも家は亀山なんですよ」

「あら、そうですか」

結局、二人で喋りながら、お城の下まで降りた。男は田嶋幹彦《たじまみきひこ》と名乗った。銀行員だと言う。単身で、県庁所在地の高松支店に赴任したが、亀山市に生まれて初めて来てとても気に入り、ここに住むことにした、住み心地も食べ物も気に入り、単身生活に満足している、と言う。

「一人で暮らしてみて、料理の才能があることもわかったんですよ」

　田嶋は笑ってそんなことまで言う。

「単身赴任、謳歌《おうか》してらっしゃいますねえ。これからシャワー浴びて出勤、ってとこですか？」

　英里子は標準語、しかも敬語で喋ることが久しぶりで、少しテンションがあがっていると思う。田嶋は英里子の知る銀行員像とは少し違っていて、とてもリラックスした印象を受けた。こんな格好で、こんな時間、こんな場所にいるからかもしれない。

「はい。帰りにJAの産直市に寄って、サラダにする朝採り野菜を買って帰って、挽《ひ》きたてのコーヒーを淹《い》れて、シャワーを浴びてから朝食、ですね。東京にいるときは考えられなかった」

「産直市？　朝採り野菜？」

「知らない？　このへん、何か所かありますよ。結構賑わってますよ。味、明らかに違うから。あ、これから一緒に行きますか？」

「え？　いやいや。ああ、またぜひ別の機会に」

　そのままふらついて行きそうになるくらい、田嶋との会話は自然に続き、とても初めて会った人とは思えなかった。しかしいい情報を聞いた。〝ドサ回り中〟の銀行員から教えてもらう情報とは思えなかったけれど。

大手門まで降りてくると、田嶋は感慨深そうに振り返って、亀山城を見上げた。六十メートル下の地上から、天守閣がいい位置に見えるのだ。

「この城はほんと、いいなあ。大好きです。石垣といい、天守の格好といい。ここに毎日登りたくて、亀山市に住んだんです」

田嶋は頭を上下左右に振り、目の前のパノラマを眺め尽くして言った。瞳は満足そうに輝いていた。英里子は自分が小さい頃から飽きるほど見てきた亀山城を、都会の人がこれほどまでに愛《め》でるのを、不思議に思いながら見つめた。そして自分でも同じように顔を動かして、その姿を視界に収めた。確かにいい風景だ。豊かに水を湛《たた》えたお堀の向こうに、どっしりとした白い漆喰《しっくい》の門、黒い瓦、背後の木々の緑、ここから見あげたら、手の平に乗りそうな、かわいらしい天守閣。

いいところなのか、亀山市って。

そんな気がしてきた。

ラジオ体操はたまにズル休みすることもあったが、ほぼ毎日続いている。田嶋が来るといつも並んで体操し、帰りは一緒にお城を降りた。話しているうちに、一回り違いの同じ干支《えと》であることがわかったから、五十一歳ということになるが、もっと若く見える。家族のことを聞いてみると、あまり積極的に話そうとはしないので、それ以上尋ねるのをやめた。瀬戸内のさぬき亀山市に喜んでついてくる奥さんも、そうはいないのだろう。子供だって難しい年頃なのかもしれない。

ラジオ体操では、年配の女性たちともよく談笑している。銀行員というのは、愛想の良さ、人当たりの良さも必要とされる商売なのかもしれないと思う。英里子はよく知らなかったが、普通の銀行とは違って、大企業にしか貸さない、お金持ちの資産の運用をしてあげる信託銀行なんだそうだ。

「じゃあ、結構大きなお金がどばっと動くっていう感じの？」

と仕事の話を聞こうとすると、

「うん、まあそんなかんじ」

と、やはり話したがらない。

英里子が東京で何をしていたかも、どうして故郷へ帰ってきたかも、田嶋は聞かないので、人間関係をあまり深めたくない意志だと英里子は認識した。仕事の話をしない田嶋はとても朗らかで人懐っこく、親切だった。結局、産直市にも連れていってもらった。スーパーで買い物をするとき、県内産というだけでも随分新鮮に感じていた英里子だったが、生産者の名前がひとつひとつに入った、その日の朝採れた野菜の美味しさは格別だった。そのうえ安いのだ。朝採りの熟したトマトと胡瓜でサラダを作ったら、母が美味しい美味しいと、塩だけでいつも以上に食べた。

英里子にとって嬉しかったことは、田嶋が美味しいパン屋を知っていたことである。

「パン屋ね、一軒だけある。車で高速飛ばして三十分かかるけど行く？」

田嶋に聞かれて、英里子はうんうんと首を振った。高速に乗ってまで行くのかとは思ったけれど、田嶋の言葉なら信用しても良さそうだった。そして、結果は上々、だった。英里子の好きなグルテンの含有量が少ない、もっちりさを強調してないパンなのだ。スーパーでは買えない。田嶋は毎週買いに来て、一週間分を冷凍しているというので、翌週からは英里子も誘ってもらうことにした。なんだかスノッブな気もしたけれど、一度食べたらもうそのパンじゃなければならなくなった。田嶋が、

「本当は僕はこれでもまだちょっと不満。でも、その他の食材の美味しさで吹っ飛ぶ。それに一斤五百円という安さ。東京人は馬鹿を見てるよね」

というので、英里子は激しく同意した。この人、東京本社勤務時代、きっと美味しいもの、いっぱい食べてきたんだろうなと思う。

こんなふうに一回り上の既婚者の田嶋とは、主婦仲間のように親しくなっていったが、彼にまるでそれ以上の感情がわかないのも面白いものだと思った。そういえば、亀山に帰ってきて、立て続けに中高年の男三人と知り合いになったが、全員に対してそうではないか。それまで三歳年下の男とつきあっていたんだからしかたないか、と、久しぶりに和生のことを思い出すことになった。

和生はいまだにメールをたまによこしたけれど、年上の自分がさっさと関わりを断ってあげるべきだと思って無視した。父の看病や母の世話、毎朝のラジオ体操や田嶋との交流などが、あまり和生のことを思い出せなくしてくれていた。意外にも、仕事をしていたときよりも、一日が早く過ぎていく気がした。慌ただしくもなく、暇をもてあますでもなく、英里子は限られた人たちと交流しながら、それでも毎日を、以前よりは謳歌しながら過ごしていた。

自宅から近いこともあって、佐橋に連れていってもらったバー「銀馬車」には、たまに出かけるようになった。母を寝かしてから、サンダル履きで出かけるのだ。東京にいたときには考えられないことだった。バーでどんなに酔っぱらっても、電車に揺られて帰宅しなければならない東京に比べて、ここは夢のような環境だった。まさに「這《は》ってでも帰れる」のだから。それにバーといっても、一回に千円以上払うことはまれなのだ。

ママの作るお通しが、茄子の煮物から、ごぼうやカボチャといった根菜を使ったものに変わりつつあった。それによって英里子は季節の移ろいを知った。英里子の母は最近、夕食作りをまったく娘に任すようになっている。英里子の料理が気に入っているわけではなく、ただ料理する気力が失《う》せているだけなのだが。とりあえず、「美味しい」といって食べてくれるので安心していた英里子だったが、母がたまに付けている日記を盗み読みして（母の体調や心の動きを知るのに必要と思ってやっているのだ）、声を上げて笑ってしまった。

「英里子は毎日よくご飯を作ってくれる。がさつなところはあるが、文句は言えまい」

とか、

「毎日、同じようなものしか出てこないが、文句は言えまい」

と書いてある。ママに話すと、

「ほんなら、私が今度差し入れしてあげる」

というので、英里子はそれよりレシピを教えてもらいたいと頼んだ。

ママに会いに来るのは、レシピに従って作った料理を母がどう評価したかの報告のためでもあるのだった。英里子が最近作って母が「美味しい」と言ってくれたのは、〝三食そうめんトマトみょうがのせ〟と、〝貝柱と豆苗《とうみょう》のオイスターソース炒《いた》め〟だったと報告すると、その調子その調子、そうやって料理の喜びを知っていくんやで、とおだてられた。

「銀馬車」ではいろいろな人に紹介されたが、体育の日に知り合ったのが（銀馬車は祝祭日は関係ない）、亀山市議の勝田《かつた》である。選挙に強そうなお名前ですねえと、初対面の挨拶で英里子が軽口を叩いたら、突然大きな声で、

「あんた、藤木フルーツの娘さんな。わし、亀高で二級上やがな」

と言われてびっくりした。勝田という名刺と、その顔を見比べて、そういえば英里子が亀山高校に入った年は、野球部が強く、三年生に勝田というピッチャーがいて、五番を打っていた、当時ちょっとしたヒーローだったのを思い出した。ファンだった友達もいた。

「あ」

と声を漏らすと、勝田は、

「え？　知っとる？」

と満面笑みになる。英里子は思い出しはしたが、当時の顔はどうしても思い出せなかった。というより、同級生の山口くんと同様に変貌しまくっているのだきっと、と思って納得した。確か、勉強もよくできて、推薦で六大学に行ったのじゃなかったろうか。

「英里子ちゃん、別人二十八号すぎてわかりません、の顔やな。勝田さん、またファンを一人減してしもたな。この人、ほんまにかっこよかったん？　信じられんのやけど」

とママが笑いをこらえながら言うところをみると、その変貌ぶりはみんなが認めるところなのだろう。

英里子の記憶通り、東京六大学に推薦で入ったものの、怪我ですぐに野球は辞め、卒業後はUターン就職、全国チェーンのスーパーの営業でバリバリやっていたらしいが、三十八の年に一念発起。市議選に打って出て、若さと元高校球児をキャッチフレーズにいきなり二位当選、来年は二期目の選挙、とママがかいつまんで教えてくれた。

「口癖知っとる？　亀山市民ですか？　やで。気いつけてよ」

「もう言われました、藤木フルーツさん？　って」

英里子がそう返すと、ママは、

「そやったそやった。ちゃっかりしとるがな。けど、勝田さん、頑張ってくれとんよ」

と勝田の支持者ではあるようだ。

「そういうことなんですわ。藤木英里子さん。なにとぞよろしゅうお願いいたします」

と、勝田は早速、英里子をフルネームで呼び、きちんと頭を下げて挨拶した。そうだ、議員なんだ、と英里子は再確認し、

「あのー、このシャッター商店街、なんとかならんでしょうか。市議として考えられてることはないんでしょうか」

と、真面目な顔で言ってみた。

勝田は、おっと声を上げて、縁なしの眼鏡の柄を指で少し持ち上げると、

「いや、それですがな。何よりもそれが亀山市の抱える問題ですがな。商店街自体がやる気になっとるとは思えんのじゃ」

と、体を英里子の方に向けて、話題に乗ってきた。

「えー、そうなんですか？」

「店が入らんからシャッターになるわけやん。空き店舗を別の業者に貸すなり売るなりして、商店街の復興に協力してくれたらええんやが、何もせんのじゃ」

「何もせん？」

「ここはほとんど、店の所有者と店主とが同じなんや。店はあんまり高うも売れんでの。結局、何もせんでも一緒なんじゃ。それでもやる気のある店は、郊外に進出して成功しとる。ほしたらもう、こっちの店には力を投入せん。あとは、店閉めてしもて、ここにずっとおるかのどっちかなんじゃ」

「何もせんで？」

「そや。商店街が良かった時代に、結構溜め込んどるゆう噂じゃ。あんたんとこやってそうやんか」

「ええっ？……」

藤木フルーツはそう見られているのだろうかと英里子は憤慨する。溜め込んじゃいないですよ、と抗議しようとしたが、勝田は藤木フルーツには興味はないらしく、先を続ける。

「安い金で店を明け渡すくらいなら、ここにおった方が便利やから。駅前にスーパーあるし、ちょこちょこ開いとる店はあるけんの。毎日のちょっとしたもんなら買える。年寄りにしたら住みやすいんじゃ」

そうなんじゃん、便利なんじゃん、と英里子は意外な気がした。そういえば、ペーパードライバーの自分も、パンがイマイチだなんのと文句さえ言わなければ、徒歩でどこへでも行けて、生活するのに支障はない。

「ほんだけん、活性化せんでもかまわんのじゃ。若いやつで商売したい言うもんもおるんやが、入って来れん」

「なるほど……」

英里子の頭の隅に、なんとなく引っかかるものがあった。夏の始めに、佐橋道風と安岡電器商会と、誰もいない商店街を走ったときのことが思い出された。

「しかし、静かですねえ。住む人がおるのに」

「年寄りばっかりなんじゃ。二代目、三代目が居着かんのじゃ。年寄りばっかりでは、活気は出んわな」

「若い人が住みたくなるには、何？　生活用品は当然やけど、あと、食べ物屋？」

いくつかのかけらが英里子の頭の中で少しずつ生まれて、つながっていくような気がしてくる。

「食べ物屋はええわよ。お客さんが来るにはいちばんやもの」

ママが口を挟んだ。

「うん、観光客も呼び込めばいいんですよね。名物あります？　うどん？」

「うどん屋はあるが、商店街に二軒しかないのう」

「いま空いている店舗が、生活に必要な店舗になって、美味しい食べ物屋があって、よそからも人が来て、活気が戻って、しかも、住むところが確保できる。そんな町、どうなんだろう。若い人は煩わしいとかって思うんでしょうか」

「うちの息子夫婦はそのクチ。こんなチマチマしたとこ住めんて」

「あら、ママ、息子さんいらっしゃるんですか」

「イケメン、あれは、女難の相あったの」

と勝田が茶々を入れる。

「もうそれで大変じゃったわ。離婚したんやで、結局。あの阿呆《あほ》が」

と話はいったん別の方向にいってしまったが、勝田が言うことには、商店街で、人寄せイベントをやろうという話が持ち上がっているらしく、その会合が、月末にあるという。藤木さんも来れば、ということになった。

「へえ、いいんですか。あたしなんかが」

「あんたみたいな外の人に来てもろて、ええ意見出してもらえたら、みんな喜ぶわ」

「いや、あたし、外の人じゃありませんよ。ちゃんとこの商店街の、藤木フルーツの跡取りですよ」

とつい口を滑らせると、勝田に、

「え、藤木フルーツさん、継ぐ気になったん?」

と言われ、そういうことじゃなくて、と慌てて否定した。否定はしたものの、そういうことってあり得るんだろうかと英里子はふとまじめに考えていた。もちろん、自分一人の力でどうなるものでもない。それに自分が果物屋のおばさんになって、エプロンかけて接客している姿はどうしても想像できない。

「私はとりあえず、亀山の人間ですけど、もしかして、まったく外の人、連れてきても構わないですか。オブザーバーとして」

そのとき、英里子の頭に浮かんでいたのは田嶋だった。信託銀行の人というのは、こういうことにアイデアを出せるのではないかと思ったのだ。

「銀行員なんですけど、亀山市をとっても愛している人なんです」

それだけは太鼓判が押せる。

「ええがなええがな、連れてきな」

勝田はそう言ってくれた。この商店街に少しでも活気を取り戻すことができるのなら、何でもやってみようという気持ちが、英里子の胸にわき上がっていた。

第二章

1

十二月に入って最初の土曜日、「亀山商店街連合月例会」が開催され、英里子はオブザーバーとして参加することになった。亀山商店街連合は、四つのアーケード街全体を束ねる会の総称で、一応、月例会を開いているらしいが、もう何年も、同じメンバーによる飲み会に毛の生えた程度の会合になってしまっていたらしい。そんな中でも数少ない若手（といっても四十代以上）の店主が少しずつでも改革しようと、商店街でイベントを企画するようになった。その日の会合は、今もかろうじて営業している駅前の「純喫茶わかば」を貸し切りにして行われ、参加者は二十人ほど。英里子が自己紹介すると、あれ、藤木フルーツさんな、お父ちゃん、最近見んけど、どしたん？　と複数の人から言われ、胸がじんわりと熱くなったかと思えば、あんた、あの英里ちゃんな、とも声をかけられ、そう言ってくれたおばさんの顔に記憶がないことに心から申し訳ない気がした。

田嶋は来てくれなかった。

「田舎の人のアイデアだけではおそらく空回りするばかりだと思うんですよ、田嶋さんの都会的センスで何かアドバイスをいただけたら嬉しいんですが」

と英里子は誘ったのだが、予想に反して、田嶋は興味を示さなかった。そういうものに首を突っ込みたくないのかもしれなかった。食べ物や健康について語るときは生き生きとして親切な田嶋が、急に裏の顔を見せたようで、英里子は少なからずショックだった。田嶋は英里子の味方だと信じきっていた自分の思い込みが恥ずかしくもあった。

市議の勝田が、亀山市の産業振興課の課長代理だかと来ていた。英里子と同年代くらいの女で、河野紋子《あやこ》と自己紹介し、自分は高松から通っているが、亀山がとても気に入っています、と早口の、あまり感情を込めない口調で言った。参加者全体に目をやっているが、視線が誰とも交わらないような話し方をした。それに比べて勝田の物言いには熱意が感じられた。しかしそれを受けて、「ゴン太ラーメン」の大将、権田《ごんだ》が（英里子の記憶にあるのは無骨そうな老人だったから、代替わりしたのだろう）、

「ほれほれ、先生、また調子のええこと言うて」

と、皮肉っぽく茶々を入れた。ものすごいガラガラ声だったので、茶々というより妨害に近いが、勝田に怯《ひる》む様子はない。

「権田さん、ほんまですよー。わし、生まれてこのかた、この亀山一筋ですよ」

「よー言うわ」

と、権田はプイッと横を向いてしまう。手強《てごわ》いオヤジのようだ。

「さてさて、議題に入るで」

連合会の会長は、京極町の海側の入口に近い、森永《もりなが》化粧品店の主人だ。英里子が子供の頃は、森永なのになんで牛乳屋じゃないんだろと思っていた。すっかり老人になってはいたが、その痩せた風体からは想像できない大きな声で、ゴン太ラーメンの悪態に雰囲気が悪くなりそうだった空気を吹き飛ばした。

「とにかく、もう来月やけんな、京極町おせったいイベントな。みんな、ええな」

あ、友達同士のメールだけじゃなくて、こういった会合でも敬語なしなのね、と英里子はおかしくなる。京極町は四筋ある商店街で、一番新しい。といっても英里子が生まれたときにはもうあったから四十年は経っているのだが。

「一月二十一日。土曜日や。決まっとる出し物は、ええと、おやじバンド、路上ミュージシャンのミニステージ、わらしべ長者クイズ、あと、今昔写真展やな。ほかにあったか？」

「ノーギャラでええので、出たい言うとるジャワ舞踏のグループがおる」

英里子は配られたプリントに目を落とした。京極町商店街で一月二十一日、店舗の前を一日開放して、さまざまなイベントを仕掛ける。空き店舗に声をかけ、無料で貸し出してくれる店を募っている。店を借りたい側の参加料は一万円とある。そんな安くていいのか、それとも一万円出しても参加したい人がいるのかどうか、英里子にはわからない。どこから参加者がやってくるのかも、わからない。昔みたいに、商店街が満員電車みたいに混雑するのだろうか。

「市役所からは人出させてもらいますので、時間と場所おっしゃってください」

それまでほとんど表情のなかった課長代理の河野紋子が、突然感じの良さそうな笑みを作って、万遍なく参加者を見渡して言った。へえ、協力するんだと英里子は意外に思った。でもどうやら人は出すけど口は出さない、といった風情だ。いや、出さないのは口だけじゃなくて金も、か。

「それは助かるわ。駐車場の許可もとって欲しいんやけど」

と森永会長がすかさず言うと、

「お酒販売するんですよね。そしたら許可は難しいですね」

と、笑顔のままで即答する。

お酒を販売するというのは、英里子が小学校の頃まではあった「一八デー」をイメージすればいいのだろうか。おじさんたちはみんな酔っぱらっていたような気がする。

勝田がうまい具合に発言してくれた。

「えー、初めての人もおるけん説明するとな。店の前にだーっと畳敷いてな、そこへコタツを並べてな、鍋しよう、っちゅう話が出とるん。店に手挙げてもろてな、鍋セット作ってもろてな」

全員に聞こえるよう声を張り上げるが、英里子に向かって喋っているようだ。

「鍋？」

英里子は大きい声を上げてしまった。上げてからしまった、と思う。

「あー、おせったい鍋な。一式三千円で作ってもらいます。今んとこ十軒が手挙げとる。参加者は一人三千円のチケット買うて参加する」

会長が英里子の質問とも言えない問いに答える。

「鍋の種類はなんな？」

ゴン太ラーメンがガラガラ声で質問した。

「それは作る側にまかす。なんせ一式、四人前で実費三千円じゃ」

「ほんなら、全部自家製ゆうことやな？」

「そやそや」

「そんなん差が出るがな。美味《うま》いとことそうでもないとこと」

「それも運じゃ」

「運？　運に任すんに三千円は高うないか？　四人で参加したら一万二千円じゃろ？」

「素材けちったらどうすん、審査でもするんか」

「それはもう良心に頼るしか」

「そんなん、商店街の復興を願うとるやつなら、けちったりするかいな」

「そうやろか」

「やっぱり試食は必要ちゃう?」

「そうやの」

次々と素朴な疑問が飛ぶ。英里子はいまひとつイメージがつかめないでいたが、つまりは商店街の道端で宴会をするということのようだ。

「夜のピクニック、って感じなのかな」

と独り言のように言うと、英里子の隣に座っていた初老の婦人が、

「あれ、それええがな、キャッチフレーズに」

と言ってから
「お母さんによう似てきたなあ」

と、英里子の顔をしげしげと眺めた。どうやら商店街に残っている人たちのなかでは、英里子の両親はわりと有名らしい。失礼ですがどちらさまで、と尋ねると、アーケードはないが京極町と商家町とをつなぐ道沿いにあるお茶屋の奥さんだった。お茶屋の娘は、確か英里子の一学年上で、いつもきれいな服を着せられて、日舞を習っていたことを思

い出した。そうだった、呉服屋の次男坊の真人も同じところに通っていた。毎年、若葉の季節に開催されるお城祭りのときは、商店街を社中が踊り歩くのだった。とてもきれいで、そのときばかりは、自分も踊りを習いたいと母にねだったことを英里子は覚えている。あのころ、商店街は英里子にとって小さな宇宙だった。

隣同士で雑談しているような会議だったが、次第にひとつの話題に集中しつつある。集中しつつあるが、「鍋」で停滞しているみたいだ。鍋の値段をもっと下げた方がいいとか、いや、安かろう悪かろうでは困る、とか、それぞれが思い思いに発言するが、それをことごとく全否定するのが、ゴン太ラーメンだ。その度になだめるのが会長なのだが、どうもあらかじめ会長が描いているらしいアイデアに導いているように英里子には思えた。つまり彼は、とにかく人を集めたという実績を作る事が目的なのではないか。

勝田が銀馬車で愚痴っていた。商店街自体の復興したいという意見がまとまらん、と。別にあまり儲からなくてもこのままでいいという店もあるとか。森永会長の店は化粧品・雑貨を扱っているから、そこそこ商品は売れて困っていないのかもしれない。

このときこそ勝田の出番ではないのか、そう思って英里子は勝田に視線を送って、発言を促そうとしてみた。それに気づいたのかどうか、勝田がおもむろに立ち上がる。

「まあとにかくそれでやってみましょうや。市として応援はするんん？　よね？　河野さん？」

そう言って、市の代表、河野紋子を見る。なんだ、結局、勝田も実施すればいいだけなのだろうか。河野は相変わらず事務的、いやそれ以上に官僚的な回答をする。

「人は出せると思いますが、ただ、補助金以上の予算はついてませんので」

そんな冷たい言い方しなくてもいいのに、と英里子がヒヤヒヤしていると、ゴン太ラーメンが、

「市にはなんも期待しとらんわ」

と、また挑発するように声を上げた。それに対して河野がぞっとするくらい温度の低い視線をゴン太ラーメンに投げたのを英里子は見逃さなかった。ゴン太はかっかしているのでそれには気づかない。こういうオヤジの精神構造は、ともすれば雑なのだと英里子は思う。バトルになりかけた会話はそこで終わってしまい、結局、本質的な議論はなにも進まない。英里子は会社員だった頃の会議を思い出す。〝根回し〟という、会議の前に担当者が関係各所に話をもっていき、会議当日は反対意見が出ないようにしておくあのテクニックのことだ。国会で質問を先に渡しておくようなものか。あれは日本社会の隅々にまで浸透しているのだと思っていたら、そうでもないのだろうか。

何年か前、英里子が世話になった上司に、女性で初めて部長になった人がいた。彼女はその日本方式を嫌った。根回しをいっさいせず、話題を会議にポンと出した。男性の管理職はこぞって反対した。けれどあのとき、そのうえの役員がわかった人で、彼女の

提案がよければ受け入れた。人が違えば彼女の挑戦はまったく歯が立たなかっただろうけれど。職場の若い子たちは男も女も、かっこいいね、と彼女を賞賛した。そんな彼女も、ボスが変わるとストレスが溜《た》まるようになり、結局、さっさと転職してしまった。

この会は、〝根回し〟なんて誰もしないようなので、会議は踊るし中座する。前に進むためには、やはり根回しは必要悪なのだろうか。しかしここでは、前に進めることが目的ではない。議論することだ。商店街の未来をみんなで考えて考えて、口にして、議論を積み上げることだ——と部外者の英里子は思うのだが。しかし議論はあまり嚙《か》み合わないまま、だらだらと時間が過ぎていく。

「なんか、おもろいアイデアないかのう。ぱーっとした」

森永会長も大ざっぱに話を進めようとしている。そのとき、隣のお茶屋の奥さんが大きな声を出した。

「キャッチフレーズみたいなもんを作ったらどう。夜のピクニックって、藤木さんのお嬢さんが」

「へ？」

誰よりもびっくりしたのが英里子だった。みんなの視線が集中する。キャッチフレーズなんて言ってないけど。

「あ、いえ。商店街で、夜、ゴザ広げてご飯食べるならピクニックかな、と思って」

ぶつぶつ言っていると、

「夜のピクニック？」

とガラガラ声が飛んだ。その声はゴン太ラーメンに違いなかった。英里子はとっさに体を固くした。

「ああ、あんた、東京さんやったな。なんかええアイデアあるんやろ？　ここに来とるいうことは」

やはりゴン太ラーメンのオヤジだ。挑発されている。勝田が一応フォローしてくれる。

「夜のピクニック。おしゃれやん。どう思う、東京の人は？　藤木さん」

さらにみんなの視線が英里子に集まる。フォローになっていなかった。英里子は緊張してしまう。しかし何か言わない訳にはいかなくなった。

「あーはい。ちょっとイメージできなかったもので。コタツ並べて座り込んで、飲み食いする。それも屋外で。なら、ピクニックかな、と」

あとで気づいたのは、このとき、亀山弁で話せばその後の事態は招かなかったのだろうかということだった。緊張すると標準語になってしまう。いやそうではなく、その方が考えをまとめやすいのだ。東京の大学に入学したてのころ、田舎から出てきているのに妙な標準語を操る学生たちに、最初はとてつもない違和感があった事を覚えている。その夏、帰省してやはりそうなっていた級友たちにも。けれど、そんな違和感もすぐに消えて、生きてきた半分を東京で過ごしたために、いつのまにか英里子もそうなってしまっていた。もしくは、昔、亀山にいたころ、考えをまとめて話す、という機会がなかったのかもしれない。

「でもわかんないのは、どうして鍋なのか、ってことでしょうか。そもそも、このイベントの目的が人を呼ぶ事なんだと思うんですけど、なんていうのかな、お鍋って座ったままじゃないですか。お金払ってもいるし、どんどん別のお鍋に移って行くってもんでもないし。新しい人が加われないっていうか……」

気づくと英里子はいっぱい喋っていて、場の空気が少し変わっているのを感じた。英里子が話し終えてから、しばらく誰も何も言わなかった。

「へえ」

英里子は、あ、来た、と思い、身構えた。あのオヤジの声だったからだ。

「東京さんはやっぱり、がいなのう。生意気な言いようやのう」

自分のことを言われているとはわからなかった。〝がいな〟というこの辺りの方言を、標準語では何と言うだろうかと考えていると、ゴン太ラーメンは、さらに、

「東京におったかなんか知らんけどなー、あんたらと事情が違うんじゃ。こっちはこっちで必死なんやぞ」

まだ、誰も何も言わなかった。英里子は自分のことを言われていると、権田の台詞《せりふ》か

らようやくわかったが、喉に何かがからまって、一言も返せなかった。権田はさらに、

「あんたなー、そういうんを何て言うか知っとんか、高慢ちき、言うんやぞ」

激しさは少し押さえられていたが、侮蔑的なトーンを加えて言った。

「権田さん、そないなこと言わんといてえな。わしが呼んだんや、すまん。藤木さんやって意見求められたけん……」

勝田がようやく割って入った。英里子はその瞬間、高慢ちき、という字を思い出そうとし、「ちき」というのは漢字があるのだろうかと考えていた。自分がそういう形容をされたことがあまりにショックだったため、思考が停止した。そして、権田は間違った使い方をしているのに違いない、と思った。

「まあまあ、ごんちゃん。女の子苛《いじ》めたらいかん。まあまあそう熱うならんで」

今度は森永会長だった。そうやって話を収めようとするその男を、英里子は一瞬激しく憎んだ。おそらく日本中のあらゆる集団の中で、いまの自分のように「女の子」として扱われる、すでに大人である女たちはいるのだろう。「女の子」なのだから苛めてはいけない存在として認識され、それですべてよしとされ、議論のテーブルにも乗せてもらえない状況があるのだろう。そうではないことだけは言わなければならない。

「失礼だったら謝ります。ごめんなさい。ただ……」

言いたい事が、悔しさと恥ずかしさともどかしさに阻まれて何も言えなかった。結局、

「女の子」の域を脱せていない存在として、みんなから認識されることが腹立たしいのだった。勝田がさっと立ち上がり、英里子の方へ寄ってきて、ポンポンと肩を叩いた。

「藤木さん、悪い事したな。わしが意見なんか聞いたもんやけん。せっかく来てくれたのに」

どうやら、英里子に帰った方がいいと促しているのだった。でも、英里子はこのまま帰るのは嫌だった。自分はもう「苛めちゃいけない女の子」じゃないのだ。四十に手が届いた、二十年近く会社員をやってきた大人なのだ。もうここには来ないことになっても、このままの印象を商店街の人たちに残すのは嫌だった。英里子は立ち上がったものの、動き出そうとはせず、店内の参加者全員を見渡してから言った。

「よそ者が急に入ってきて、本当に失礼なことを申し上げました。でも、私もこの商店街が復興することを願ってるんです。ここで私は育ちました。あのころ、楽しかったんです。大好きだったんです。こっちへ帰ってくるまで、実は忘れてました。なぜなら、いまは、ちっとも魅力がないからです」

また高慢ちきと言われるのかなあと思いながらも、英里子は続けた。

「そのためにはいまのままではいけないと思います。だから、お鍋イベント、やるんだと思います。じゃあ、それ終わったらどうなるのか。またやるんです。でも私には何をやったらいいのか、ぜんぜんわかりません。ごめんなさい、もう少しこの商店街に慣れさせてもらえませんか。昔の気持ちを取り戻します」

　また、しばらくの間、静けさが続いた。拍手が起こった。この沈黙を終わらせるために、誰かがしたのだろう。面倒な闖入者《ちんにゅうしゃ》はさっさと追い払おうとしているのかもしれなかった。もう引き際だと思った。

「たのむでー。若い力を貸してやー」

　散髪屋の三代目と自己紹介したお兄さんが声を上げた。お茶屋の奥さんも英里子を見上げて手を叩いた。拍手が感染して広がっていった。英里子が帰る準備は整った。最後に、英里子はもう一度全体を見渡して言った。

「それと、わたし、〝女の子〟じゃありません。今年四十になりました。不惑です。自分でも反省しました。もっと大人になります」

　少し笑いが漏れた。入口の近くに座っていた権田が、

「悪かったな。わし、口が悪いけんな」

と、目も合わさずぶっきらぼうに言った。勝田がすかさず寄ってきて、

「いや、わしが悪かったんです、権田さん。これからも藤木フルーツさん、よろしゅう頼んますわ」

　とその場を取り繕った。勝田はきっちりと市会議員の仕事をしているというべきなのだろう。

最後にもう一度、みんなを見回した中に、一人だけ冷めた目つきがあった。河野紋子だった。

初めて会った人から投げつけられた「高慢ちき」という言葉は英里子には衝撃で、思ったより後を引いた。権田を悪者にして誰かに訴えることはできただろうが、そうすればさらに自分が傷つくような気がした。和生に話してみたい気はした。彼なら、

「うん、英里子さんって確かにそういうところある」

と膝を打つかもしれない。そうしてもらえれば、もうこだわらずにすむのかもしれない。でも今はもう人の夫なのだ。メールで連絡するのも変だ。こんなときに大事な人だったのかなと思った。会いたいなと思った。

だから翌日、亀山城のラジオ体操で田嶋に会ったとき、ぶちまけてしまったのだ。体操の後、そのまま天守閣広場に残って、石のベンチに腰掛けて、話し込んだ。

「だいたい、田嶋さんが来てくださらないからいけないんです。来てくれていたらあんな事言わせなかったのに」

そんな事まで言っていた。もちろん冗談だけれど、冗談が言える間柄にはなっていたのだろう。田嶋も冗談っぽく、

「そういう物言いが、高慢ちき、なんじゃないの？」

というので、それで英里子はいくらか吹っ切れた。そうなのだった。高慢ちきで、自己チューで、上から目線だったのだ。田嶋に言われて、そのとき初めて氷解した。自分の生まれ育った田舎を、観念上の〝田舎〟としてとらえてきたのだと英里子は気づいた。凝り固まったマイナスイメージとしての〝田舎〟。世界の事情に疎くて、いやそれどころか、日本の政治や社会情勢についてもさして興味がなく、関心のあるのはせいぜい自分の暮らす地域、半径二、三キロ程度の範囲の事で、東京のものはなんでもお洒落で高級と、意味もなくありがたがり、テレビに出ている人は偉く、お上や権威に弱くて、平日も休日も安っぽい格好をし、本物と偽物の違いもわからず、テレビのバラエティーを見て馬鹿笑いをし、朝早く起きて夜早く寝る生活に何の不満もなく、いやもしあっても、週末に安っぽい居酒屋で飲んで騒げば容易に解消する程度の不満に過ぎず、人のプライバシーにどんどん踏み込む事もいとわない。そういうイメージとしての〝田舎〟。

そこは英里子が二十年前に抜け出したかった場所そのものだった。でもあのころ、英里子はいったいその場所の何を知っていたというのだろう。自転車でさえちょっと離れた場所にも行けない娘だったくせに。世界に目を開き、大きな夢を持っていたわけでもないくせに。何も見てはいなかった。藤木フルーツの看板や父親と母親の小さな背中に、未来が見えなかっただけだ。ここにも、未来はあったのに。商店の人たちがひとりひとり胸に抱いた夢はあったのに。気づこうともしなかった。

ゴン太ラーメンが、英里子のそんなちっちゃな頭の中を覗き込んだとは思わない。けれど彼は見抜いたのだ。ラーメン屋二代目としての第六感かどうかは知らないが、小便臭いころから、とうの立った現在に至るまでずっと、この娘は〝高慢ちき〟でやってきたに違いない、と。

そのことがやっとわかって、英里子は赤面した。

田嶋がそんな英里子に驚いた。英里子はうまく説明できなかったけれど、「世の中を舐《な》めていたんですよ私」と田嶋に告白した。

「商店街のことも舐めていたんですよ。こんな田舎の商店街、再生できる能力なんてあるんだろうかって、疑ってかかってるんですよ。あなたたちが努力しないせいでこうなったんじゃないですか、どうすんですか、って下手したら非難しちゃったんですよ。ラーメン屋の親父だけじゃなくて、集まってたみんなに、それ、見抜かれちゃったんですよ」

そこまで言うと、なぜだかポロポロ涙が出てきた。泣く女なんて大嫌いなのに。それも田嶋の前で泣く女なんて。いつの間にこんなに心を許してもいい人間に、田嶋はなってしまっていたのだろう。

「ゴン太ラーメンの親父がそこまで見抜いてるかどうかは疑問だけど、そういう〝気づき〟はいい事だと思うよ。謙虚になれるということだからね。僕は行かなくてやっぱりよかったよ。イライラしちゃいそうだから」

と田嶋は笑った。

「あ、ぜったいイライラしたと思う。ほんとにできるのかなあ、その鍋イベントって思うんですよね」

「それ、いつだって？」

「来年一月の二十一日です」

「ふうん、寒いときにやるんだね。行けたら行くよ」

「ほんとですか？　一緒に行きましょうよ」

全く興味がなさそうだった田嶋が、そんな事を言ってくれて英里子は嬉しかった。そのとき気づいた。英里子にとって田嶋という存在は、〝東京的なもの〟と〝田舎的なもの〟をつなぐ媒介ではないかと。その二つの間の落差を調整し、英里子の心をニュートラルに保ってくれる存在になっているのではないかと。だから、田嶋を商店街復興計画に引き込みたい、その道を探りたい。そう考える英里子なのだった。

2

亀山商店街「♡冬のお・も・て・な・し♡」

1月21日@京極町

イベント名はどうかと思ったが口には出さずに、開催までの間、英里子はポスター貼りを手伝わせてもらった。ポーズではなく、それくらいはしたかったのだ。ポスターは、シャッターの閉まった店舗には一軒一軒廻《まわ》って貼らせてもらったのに、藤木フルーツのシャッターに貼るのを忘れていて、そのことにようやく気づいたのは、当日の朝だった。今回のことでは、自分がまだよそ者であることを思い知ったし、それでよかったと今では思っていた。

田嶋にしつこく声はかけなかった。当日になって、シャッターにポスターを貼り終わったところへ、田嶋の方から電話がきた。

「英里子さん？　ぼく、いま京極町の入口にいるんだけど」

来てくれたのだ。英里子は信じていたから内心驚かなかったけれど、大げさに驚いてみせ、その喜びを素直に表した。

「えー？　来てくれたんですか？　嬉しいです。あたしもこれから出かけるとこです」

「わざわざ来たわけじゃないんだけどね。じゃ、迎えに行くよ。藤木フルーツだったよね。南北に通ってる二本の商店街の、京極町じゃない方だよね。お城を背にして左側の方だね」

田嶋の正確な場所の把握と、簡潔な物言いに英里子は感動すらした。今は地方支店になぜかいるけれど、いつかまた本店に戻る人なんじゃないんだろうか。

「は、わかりました。じゃ、準備して店の前に出てます」

と答えると、彼は、

「じゃ、十分後に行くね」

と言って、どこかで時間をつぶしてきたのだろう、きっちり十分後に来た。英里子を見るなり、

「あ、シャッター開いてないんだ」

と言った。

「そうなんですよ、シャッター開ける日なのに」

「ふうん、こぢんまりしたいい店じゃない。また開けられると、いいね」

感慨深そうに、田嶋はシャッターを眺めた。喋り方がいつの間にか友達言葉になっているように英里子は感じる。

「そうだけど、まず無理かな」

英里子も友達のように返す。確かにいまいちばん頻繁に会っている友達かもしれない。

まずは藤木フルーツのある商家町商店街を、駅の方に向かって数十メートル歩き、銀馬車のある路地に折れて、京極町を目指す。

「ここも、いい通りだね。昔はもっと店があったの?」

「いえ、ここは昔から住宅かなあ。アーケードのところに店は集中してました」

「こういうところに住んでると便利だったろうな。商店街に行けば何でもそろうし、雨に濡《ぬ》れないで買い物ができるし」

田嶋と並んで歩きながら、英里子はそのとおりだったなあと昔を思い返している。確かに小雨なら、傘なんかいらなかった。こんな小路、すぐに走り抜けていけた。商店街にはなんでもあった。雨脚がひどくなれば、お店の人が傘を貸してくれた。返しに行くとき店のフルーツをひとつかふたつ、袋に入れて持って行きなさいと母に言われてそうした。あらら、えりちゃん、ありがとう、と言って、ケーキ屋のおばちゃんがエクレアをひとつ、包んでくれたりした。お得な気分だった。「ペリカン」というケーキ屋のエクレアが英里子は大好きだった。そのペリカンもいまは、シャッターが閉まっている。

京極町にはすぐに着いた。驚くべき事に、その日、その場所は賑わっていた。いや、目で見る前にすでに耳がその事に気づいていたというべきか。パーカッションの音が随分前から聞こえていたのである。

京極町商店街の真ん中で、ガムランを叩く人たちが座って、輪を作っていた。和生とバリに旅行に行ったとき、ガムランの演奏に感銘を受けたからその音色がなんだかすぐにわかった。それ以来初めてだが、まさか亀山商店街で聞く事になろうとは思わなかった。確か、去年暮れの会合でジャワ舞踏と言っていたような気がするが、このことだったのだろう。演奏しているのは日本人で、全員が白装束で、いかがわしい宗教みたいないでたちだったが、なかなか上手で、そこに一番の人だかりができていた。もちろんそこだけではなく、商店街のいたるところに、大小の輪ができて、その輪の中で、大道芸やら手品やら英会話教室やら空手教室やら、さまざまな事が行われていた。ここにこんなに子供がいるのも何十年ぶりなのだろうと思うくらい、子供の姿も目についた。田嶋も同じ事を思ったみたいで、

「子供もいるんだね、結構。この辺の子？」

と聞くので、

「いやあ、この辺は全然いないはずですが。どっかから来たんでは」

と答える。

「あなたは知らないの」

「はい。ほんとに雑用係に徹してたんで、内容については聞いてないんです」

と英里子は答えて、紙芝居などというアナログなものに結構のめり込んでいる男の子に聞いてみることにした。この寒いのにトレーナーに膝丈ズボン姿の男の子は、

「城南町《じょうなんちょう》」

と、お城の南の住宅地の名を口にする。

「どうやって来たん？」

と聞くと、

「父ちゃんの車」

という。

「この辺の子たち、みんなここらの子とちゃうん？」

「知らんけど、たぶん。うちは父ちゃんが市役所やきん。市役所からもようけ来とる」

男の子の言う通りだとすると、市役所の動員ということか。こんなに人が集まっているということは、そうなのかもしれない。そんな想像を田嶋としていたら、後ろから、

「あら、藤木フルーツさん。来とったん」

と声をかけられた。勝田だった。ロングのダウンコートを着込んで、まるで屋外スポーツの監視員だ。文字どおり、今日はこのイベントの監視役なのだろう。そして、同時に、市民のみなさんに顔を売る貴重なチャンスでもあるのだろう。

英里子は、銀行員として田嶋を紹介する。明らかに作戦のひとつだ。すぐに名刺を差し出す勝田を見てしめしめと思うが、田嶋は、すみません、休日は持ち合わせておりませんで、と頭を下げる。やはりあまり関わりたくないのかなあと思う。銀行の名を出して悪かったとも思ったが、田嶋は愛想よく勝田と接していた。

「結構、市役所動員ですか？」

聞きにくい事を尋ねてみる。勝田は痛いところを突かれたという顔で、

「そや。ようわかったな。あのな、そうでもせんと、人はこれだけ集められん」

と言って渋い顔になる。

「いやあ、亀山市も大したものですよ。こんなに人集めできるんですから」

と田嶋が褒めると、勝田はぱっと明るい顔になって、ほんまですか？　と田嶋の腕をつかんで嬉しそうだ。この単純明快、表裏のない（もしくはそう見える）ところが勝田の真骨頂なのだろう。

「ほら、あそこに河野課長も。もとい、河野課長代理」

勝田が指差す方向には、河野紋子が、やはりダウンを着込んで飲み物を配っているのが見えた。休日出勤だから手当がつくのだろうな、あまり近づきたくないな、と思っていたら、向こうが気づいてしまった。この間英里子に送った、温度の低い視線は封印しているようだった。英里子は挨拶しないわけにはいかなくなった。

「藤木さんですね。今回はいろいろお手伝いいただいたようでありがとうございます。みなさん、喜んでおられましたよ」

この人だけはぞんざいな口調になるということはない、と英里子は感心する。そう言ったあとに愛想良く笑ってみせるが、やはり熱はこもっていないことを英里子は確認して、逆にほっとする。

田嶋を紹介したとき、英里子への態度とは違うと思った。メガバンクの銀行員、しかも男、というのはかくも信用の置ける存在なのだ。かたや、プータローのアラフォー、しかも女である英里子のステイタスが極端に低いものであっても仕方あるまい。後で田嶋は、

「あの課長代理さん、随分官僚的な人だね」

と言っていたから、百戦錬磨の田嶋には、効力は発揮できなかったようだが。とにかく、動員であれなんであれ、イベントを設けた今日という日に、産業振興課の予算から少額でも支出されている行事に人が集まれば、この人はそれでいいのだ。職務をきちんと遂行することが仕事なのだから。市民へのサービスは十分である、というわけなのだろう。

しかしたとえ動員だったとしても、商店の前を子供が走り回り、アーケードの中に子供の声が響くというのはいい光景だった。英里子が高校生の頃まではかろうじてあった光景だった。商店街というものを知らない子供たちにとっても、テーマパークにでも来たような気分がするのではないか。今日はイベントスペースみたいだけれど、本来なら、すべての店が開いているのだ。

「シャッター、ところどころ上がってるね」

河野課長代理の話はそこそこに、田嶋は街を観察しながら先に進んでいた。どんどんこの商店街が、彼の興味を惹きつけているらしいことが英里子には嬉しい。

シャッターが上がった店では、若者が自作のアクセサリーを売ったり、イラストや写

真を展示したりしていた。本格的な日本画の展覧会もやっていた。空き店舗を店主が開放して、売り上げの何パーセントかをバックするシステムで、そういえば、昨年末の会議のとき、十件も申し込みがあったと森永会長が豪語していた。十件というのが多いのか少ないのか、英里子にはわからなかったので、田嶋に聞いてみたら、

「十件程度じゃ商店街再生にはなんないよね。百件くらい、だーっと問い合わせが来ないと。つまり魅力がないってことだよ」

とあっさり言う。

「そっか。復興には結びつかないのかあ」

「打ち上げ花火で終わる確率大、だな。問題は、主催者がそれでいいって思ってる節もあるってとこかな」

田嶋は残念そうな顔になって言った。田嶋に自分の街の事を残念がられると英里子も悲しくなったが、希望も見えてきた。明らかに田嶋は興味を持ってきているのだから。

「どうすればいいんですかね」

「……さあ……」

ため息をつくと、田嶋はまた歩き出してしまった。この京極町商店街に、店舗はいくつあるのだろうか。今開いているのはそのうち十軒もなくて、このイベントで十枚のシャッターが上がったとしても、最盛期の何割くらいだろうか。それでも、今日、人の流

れはそれなりにある。

「食べ物屋さんじゃないかと思うんですよね」

英里子は田嶋の背中に向かって、この間から少し考えていた事を口にしてみる。

「行列ができるような食べ物屋。スイーツでもラーメンでもいいんですが」

ラーメンと言ってしまってからちょっと複雑な気持ちになる。

「ふーん、食べ物屋ねえ」

田嶋は一瞬立ち止まると腕組みをして、また、とことこ歩いて行く。

海に近い方の入口付近には、畳が縦に何十枚も敷かれ、その上にコタツが並べられていた。

「なにこれ？」

田嶋が立ち止まる。そうか、これが鍋をやるというスペースだ。この間の会議では、中身をいくらにするかでもめていた。

「買うていかんのな？　チケットまだあるよ」

ひとつ目のコタツのところに手持ち無沙汰に立っていた女が、英里子に笑いかけながら言った。会議にいた人だと思う。

「結局、お鍋は何種類くらい作る事になったんですか」

と尋ねると、

「八店舗が手上げたきんな、八種類の鍋作ってもろて、一人三千円で売ってな。そのうち千円は飲み物分。一人から参加できるんよ」

「お鍋は別の人と囲むんですか」

「ううん、四枚で一卓やから、四枚買うてくれたらコタツひとつキープできるで。どうです？　お連れは？　旦那さん？」

「いいえいいえいいえいいえ」

全否定したあと、参加するしかないでしょう？　という顔で英里子は隣の田嶋を見上げた。そして無理矢理誘う。

「田嶋さんも、はい、参加。いいでしょ、ものは試しです」

「え？　僕も？」

と言いながらも、田嶋は絶対拒否の態度は見せなかったので、参加が決まった。あと二人で一卓押さえられる。そのとき英里子は「桃園の誓い」を思い出した。鍋の始まるまでにはまだ時間がある。

「ちょっとつきあってもらっていいですか。会わせたい人が」

そう言って駅前を東西に通っている港町商店街に、田嶋を連れて行く。訪れたのは安岡電器商会だ。店には京極町のイベントで流れてきたらしく、客がいた。安岡は目がなくなる例の笑顔で英里子を迎えてくれた。中年男性同士を紹介している自分もおかしなものだと思う。でも、商店街復興のためにこの二人のつながりは大事なものだという予感がする。

「道風先生も、そのへんにおるよ」

掃除機のゴミ袋の代金を受け取りながら安岡が言った。

「ほんとですか？　会いたいんですけど」

「そら、喜ぶで。電話してみたら」

安岡は携帯ごと貸してくれた。田嶋は店内に鎮座している蒸気機関車の模型に見入っている。

「なんや、安岡、まだ用か？」

携帯を耳に当てると、ぶっきらぼうな道風の声が聞こえてきた。

「先生。藤木です。ご無沙汰してます」

「あれま、えーりこちゃん、どしたのよ？」

「先生、六時から京極町で鍋しましょうよ。いま、メンバー二人、あ、安岡さんも誘うから三人。先生入れて四人。一卓キープできます」

道風は絶対来るという自信が英里子にはあったが、それでも逃げ道を断つかのようにたたみかけて言った。

「え？　いま、チケット買うたとこやがな。あんた、いま、どこにおるん？」

ほとんど同じ場所にいたのだった。にもかかわらず、いつもはガラガラの商店街ですれ違わなかったとは、驚くべき事ではないか。人がいる、ということはこういうことなのだと英里子は感慨深かった。すぐに道風はやってきて、英里子はまたしても中年（と初老）男の仲をとりもつ。道風はあからさまに、英里子が男を連れてきているのが面白くなさそうな素振りを見せるが、それも英里子には想定内だ。

安岡は参加したいのはやまやまだが、六時には閉店できないと言うので、道風が提案した。

「英里ちゃん、お母さん、連れていこ。で、途中で安岡と交代」

「え、母ですか？」

「鍋囲むのに、こんなむさい男ばっかりより女性の方がええに決まっとる。英里ちゃんのお母さんなら別嬪《べっぴん》やろ」

「いえ、母は……」

と英里子は言いかけて、それもいいかもと思い直した。どちらにしても夕飯は食べさせねばならないのだし。

「よし、これからお迎えにあがろう」

道風は英里子の返事も聞かぬうちから乗り気である。この親父のセクハラすれすれの強烈なノリに母も巻き込めるかもしれない。なにせ、うら若き女子大生もファンにしてしまうほどの個性ではあるのだから。

田嶋は、

「じゃあ、僕は六時までちょっと一仕事してくる。さっきの畳のところへ行けばいいんだよね」

とふらっといなくなってしまった。やっと英里ちゃんと二人きりになれた、と嬉しそうな道風だが、英里子は陰りゆくここ亀山商店街の復興には、こんなキャラクターこそが必要な気がしてくる。

英里子は藤木フルーツ一階の奥の厨房に道風を招き入れて、二階に母を呼びに行った。居間でぼんやりとテレビを見ていた母は、この二日というもの、外に出ていない。父の病院にさえ、なんかしんどい、と言って出かけていない。

「お母ちゃん、ちょっと面白い人が来とるんやけど、降りてこん？　卯月堂《うげつどう》さんのお饅《まん》頭《じゅう》持って来てくれたよ」

そういうところはよく気がついて、道風はまだ開けている和菓子屋でじょうよ饅頭をお土産に買ってくれたのだ。そのインセンティブは功を奏した。母は卯月堂のじょうよ饅頭が大好物なのだ。すぐに階段を降りてきた。

「あれまあ、お母さん。娘さんより別嬪ですなあ」

その第一声に、英里子はそこまで言うかと呆れたが、道風は心からそう思っている顔つきなので、母も、まあご冗談をと笑いながら満更でもなさそうである。道風はそんな調子で初対面の母をなんなく会話に引き込む。母は気を良くしたのか、自分で厨房に立って抹茶まで立ててくれた。

「商店街で、評判の別嬪さんやったでしょう。お父さんも鼻が高かったやろうな」

まだ道風の褒め殺しは続いている。母は、

「まあまあ、どうぞどうぞ。お茶召し上がれ。あら、それともビールにしますか。英里子、なんかつまみでもないん？」

と言い出す始末だ。道風はそれをうまく利用して、なんなく母を、京極町でのコタツ鍋に誘い出す事に成功した。さらに、

「じゃ、明子《あきこ》さんとの初お目もじを祝って、乾杯しますかね」

と、いつの間に知ったのか、もう母をファーストネームで呼ぶのである。

「いやいや、待って下さい。これから京極町で宴会って言ったばかりでしょ」

と英里子が止めると、

「ええよええよ英里ちゃん、はよビール持ってきなさい。飲みたいときは飲まんとな」

と、母までがその計画に賛意を示し、結局、ビール一杯だけという約束で方がついた。英里子は久々に母が華やいでいるのを見て、それはとにかくよい事なのだ、と言い聞かせた。やはり道風には、ある種の人心掌握術が宿っているのだろう。母は自分から、父

と知り合ったときのことやら、果物屋に嫁いできた頃のこと、その頃の商店街の賑わいについて、次から次へと話し始めた。道風が、それに合いの手を入れながら、とても興味深そうに、我慢強く聞いてやるのには、英里子も感心した。

時間はあっという間に経って、出かける時間になる。母はおめかしをして二階から降りてきた。道風がまた大げさに、明子さん、けっこいわー、と賞賛するので、母は顔を真っ赤にして道風の背中をバンバン叩いた。しかし英里子の目にも母は、これまでになく晴れやかで、楽しそうに見えた。父にその姿を見せてあげたいくらいだった。

母を連れて、予約した番号のコタツのところへ集合した。田嶋も時間通りに来て、母も朗らかに挨拶する。思いがけずそこここに母を知る商店街の人たちがいて、声をかけて行くのだった。母はすべての人の名前を思い出せなかったが、明らかに頬がゆるんでいくのがわかった。何をしにここまで来たのかを忘れてしまうくらいに、父が倒れるまでは親しくしていたのであろう商店街の人たちとの旧交を楽しんでいた。

やがて英里子たちのコタツに、鍋が運ばれてきた。何種類かある鍋のうち、一番無難なうどんすきにした。道風はもっと変わったのが食べたかったと少々不満そうだったが。畳の上に設置されたコタツ布団のかかった卓の四辺に、本当の母娘と、他人の男二人とが座り、まず乾杯した。コタツに座らせるというのは、疑似家族をイメージしてるんですかね、と田嶋が言うと、道風が、

「団らんなんてくそくらえさ」

と言った。

「ほう、それは？」

田嶋も道風の、芸術家だかペテン師だか判然としない雰囲気を面白がっているのか、身を乗り出す。

「田嶋くんと言ったかな？」

「はい」

「田嶋くん、家族は？」

「……東京です」

「最近、家族と鍋を囲んだことなんてあるか？」

「……いや、しばらくないですね」

「団らんなんて家庭内に持ち込むからややこしくなる。団らんとセックスは持ち込むな、というだろう昔から」

「……いやあ」

母がきょとんとしている。

「団らんこそ、家の外にある。ほら、今日のあんたと私のように。明子さんと英里ちゃんは家族だが、ついこないだまで一緒に暮らしちゃいなかった」

英里子はどきりとする。訛《なま》ってはいるが、道風はなぜかいまは標準語である。

「つまり、団らんはなかった。そんなものは家庭内のどこにもないのだ。家族と絆《きずな》を結ぶなんぞ、幻想なのだ。ほら、いま、ここにこそ団らんがあるじゃないか。だから乾杯」

そう言って缶ビールを掲げる。結局、何を言いたいのかわからない。おそらく道風自身もわかっていない。それが道風という男で、それでいいのだ、と英里子は思う。道風がここにいる価値は、おそらくそれ以上のものだ。人類のため社会のため、でないことは確かだ。ただ、少なくともいま現在、英里子のためには役立っている気がする。それでいいのだ。

田嶋もわからないらしく首をひねっていたが、はあそうですか、じゃ、と言って、缶ビールを掲げる。本物の家族である英里子と母も同じくそうした。団らんは確かにここにありそうだ。

うどんすきは予想したより美味だった。母が盛んに、たくさんで食べると美味しいねえ、と口にした。家でいるより食欲旺盛だった。父と二人きりでずっと長い間、食卓を囲んできたのだ。それもゆっくりと向き合って食事ができたのは数えるほどだったかもしれない。疑似家族だか疑似団らんだか知らないが、四人で囲む鍋は美味しいのだった。

一時間ほどして、安岡電器がやってきた。

「よくよく考えると、鍋で途中からバトンタッチは駄目だったですねえ」

と田嶋が言って、なるほどそうだと英里子も気づき、二人で安岡をすまなそうに見た。鍋の中はまさに食い散らかした後である。けれども安岡は、

「なんでなんで？　えんですよ。いちばん味が染み込んどって美味いんですから。あのー、食べてもええですか？」

と、全く気にした様子ではない。嬉しそうに、割り箸を手に挟んで鍋に向き合っている。かわいらしい動物の置物みたいに見えた。

「ほしたら、お母ちゃん、帰らしてもらおか」

母とバトンタッチだった。母は久しぶりにビールも飲み、たくさん食べて、たくさん喋って満足したようで、満面笑顔で立ち上がった。

「いったん母を送って行って、あたしはまた戻ってきます」

そう言って英里子も立ち上がろうとすると、道風が遮る。

「ちょいと待ち。最後にここで誓おうではないか。ほら、英里ちゃん、夏やったかの、ここで三人でやったがの、安岡と三人で」

すでに酔っぱらっていて、変な亀山弁になっている。

「桃園の誓い、ですか」と安岡。

「はい、やりましょう」と英里子。

「なに？　桃園の誓い？　三国志？」

と田嶋が不思議そうな顔になる。

「えっとあたし、劉備玄徳《げんとく》です、道風先生が張飛で、安岡さんが関羽でしたね。ついに軍師を迎えたわけです、三顧《さんこ》の礼をもって」

英里子は思っていたことを、酔った勢いでつい口にしてしまう。

「え？　三顧の礼？　何？　俺が軍師？」

慌てる田嶋を見て、英里子は頷く。

「ほお、そうなんか、あんたはんが軍師かいな」

と、道風はちょっと物足りなさそうではあった。

「お母さんはどうしましょうか、あと誰かおりましたっけ？」

と安岡。

「明子さんは、絶世の美女、貂蟬《ちょうせん》にしとこう。みんなの憧れや」

道風の提案はまた意味不明ではあったが、まあそれでいいか、ということになって、母は貂蟬、になった。

「かんぱーい！」

全員で缶ビールをこつんと合わせた。

「商店街復興のために」

英里子が声を張り上げた。

「商店街復興のために」

みんな続いた。母もわけもわからず声を上げていた。英里子は無性に楽しかった。

3

鍋チケットは完売したし、京極町に人はいっぱい来たし、その日一日、商店街はかつての賑わいを取り戻したかに見えた。でも結局、お客は市役所の動員の域を出ることはなかったし、商店街の人たちの姿も目立つイベントだった。英里子は典型的な祭りのあとの状態に陥っていた。もしいま、京極町に行ってみたら、その理由がわかる。行ってみなくてもわかる。また元のままだろう。猫の子一匹いないだろう。風が吹き抜けて行く寂しいシャッター通りがあるだけだろう。もしかすると、イベントで使った段ボールやパイプ椅子が置かれたままになっているかもしれない。うら寂しさはさらに強調されているだろう。そして次の祭りはいつ来るのだろう。

勝田から、反省会があるからよかったら、と誘われて、次の週末、前と同じ喫茶店「わかば」を、性懲りもなく覗きに行った。まさにそこは、祭りのあとのけだるさに満ちていた。

「疲れたなあー」

「ほんま、疲れたわ」

「もうええわ、当分。ぜんぜん儲からんし」

脱力したような声が上がった。聞いたような声だと思い、英里子は声のした方を見た。ゴン太ラーメンだ。でもそんな声を発したのがゴン太ラーメンというだけで、他のメンバーも同じ疲労感を漂わせていた。英里子は悟った。やっぱりこれは一日限りの〝イベント〟だったのだ。下手すれば一発花火で終わってしまうお祭り。

「藤木さん」

突然指される。勝田だ。

「どうやった？　久々に商店街の催しに出てみて」

参加者の目が集中する。なんでいつもこういう状態で、勝田は自分にスポットを当てるのだろうと思う。それが闖入者ということか。いまの直感を口に出してもいいのだろうかと迷う。その隙を突いてくるのはやっぱりゴン太ラーメンだ。

「どうせ東京に戻る人やろ。真剣には考えんやろ」

勝田が間髪いれずに反撃してくれた。

「権田さん、そういうこと言わんとってえな。真剣ちゃうかったらここへは来てくれんやろ」

勝田の言葉に胸を突かれたのはほかならぬ英里子だった。自分は本当に真剣なのだろうか。商店街をどうにかしたいと真剣に考えているのだろうか。そうじゃなきゃこんなところに本当に来ないのか。物見遊山の旅行者みたいなものじゃないのか。

でもそのとき、わかった。

自分はよそ者でない。どうせまた都会に戻る人ではない。そう。もう戻らない。

そして、この街をどうするか考えようとしている。いや、考えた。待ち望んだ軍師だって手に入れた（まだ承諾してくれたわけではないが）。そして、結論は、このままじゃ駄目だということだ。先週の「打ち上げ花火」じゃ駄目だ。その事がはっきりとわかった。だから言った。

「真剣に考えています。ここは私の生まれ育った場所ですから」

ゴン太ラーメンももう怖くなかった。英里子は立ち上がって、その、ちょっと三白眼気味の小さな瞳をしっかりと見て、言った。

「だから、こないだのではいかん思います。私も鍋は楽しかったですが、来た人は、あの日一日、そこそこ楽しかった。それでおしまいです。働きかけがなければ来ません。自分からは出かけたりしません。しかも今回は動員やったですよね。大事なのは、客やのうて、お客を呼ぶ方や、と思います。もう一回やりたいかどうか。いやちゃう、ずっとやりたいかどうか。そのために必要なものは」

一息ついた。喋りすぎた気がした。ゴン太ラーメンが「えらそうに」と立ち上がって言いそうだったので、英里子は彼を見たが、そんな様子は見られない。誰もやめろとは言わなかった。こんなに喋る〝半分よそ者〟を、ぽかんと見つめていた。一息ついたのは、言葉が見つからなかったせいである。

「必要なのは、成功体験、やと思います」

集まったみんなの顔に、疑問という疑問が浮かぶのが英里子にもわかった。だから繰り返した。

「成功体験、です。ああ、面白かった、もう一回やろう、って思えるモチベーションです。それってなにやろ。儲からん、ってどなたかおっしゃいました。そうです、儲からんのでは何度でもやる気にはなりません」

儲からんと言ったのがゴン太ラーメンであることはわかっていたので、今度はゆっくり目を向けた。どうしたことだろう、自分がこんなことを喋っているように思えなかった。そのときはわからなかったが、あとで思い出して英里子は思うのだ。あのとき、スイッチが入った。真剣に、商店街を立て直す力になりたいと心から思ったのだと。

とは言うものの、その意見が全面支持されたわけではなかった。じゃあ何が儲かるんだと問われ、名案が湧き出るわけもなかった。たとえば、店舗を若い人に無料で貸し出して、利益を上げさせるんです、と言えば、わしらの儲けにならんやろがい、と反論され、シニアボランティアを募集して、歴史街歩きガイドをやってもらって、参加費を商店に落とす、と言えば、ボランティアの成功体験はどうなるんやと突っ込まれ、それはいい、と乗ってくる参加者はいなかった。それどころか、お茶屋の奥さんの一言が胸に刺さった。

「そんなん、もうとっくに考えてやっとる。どれも成功せん」

会場内から、失笑が漏れる。英里子はため息をついた。けれどもこれくらいのことでは怯まない力は、この数か月で身につけたはずだ。

「わかりました。じゃあまたじゃんじゃん考えてきます」

そう宣言すると、今日はさっさと立ち去る事にした。とにかく新規巻き直しやわ、と英里子は自分に言い聞かせ、会場を出た。精一杯頑張ったつもりだったが、喫茶店の外へ出た途端に、全身の力が抜けてへたり込みそうになった。

その日の夜、母と夕食を終えてから、銀馬車に出かけた。今日の事を誰かに言いたかった。きっと、褒めてもらいたかったのだろう。ママならきっとわかって慰めてくれるし、英里ちゃんは悪うないで、と言ってくれる。銀馬車はいつの間にか、そんな場所になっていた。

ところがその日の銀馬車は、いつもと様子が違っていたのだ。

紫のネオンの下の小さなドアを開けたとたん、英里子はたくさんの視線に射すくめられた。一斉に客が振り返って英里子を見たのである。銀馬車は、驚くべき状態になっていた。これまで埋まっていたことなどない六席あるカウンターは手前の一席が空いているだけで、あとはすべて埋まり、予備のスツールも総動員して人が座っていたし、壁を背に立ったままの客もいた。カウンターの中にもママ以外に知らない若い男がいて、皿を洗っていた。そもそも知らない客ばかりだ。いつもは男の客がほとんどだが、商店街でよく見かけるおばさんや、本屋の店員のお姉さんもいた。英里子はあまりにも驚いて、ドアを開けたまま、立ち尽くしてしまった。

「ヒロシくん、ちょっとそこのいて。英里ちゃんに座らせてやって」

ママがそう言って、カウンターのL字の角にいた若い男を立たせる。

「はーい」

男がしぶしぶながら席を空けてくれたので、

「いやいや、いいですよ。また来ます。今日は帰ります」

と出ていこうとすると、なぜか、ママをはじめ客が全員で引き止めるのである。

「まあまあ、帰らんで。ヒロシくん、もうすぐ帰るし」

と、ママに帰る事にされてしまった若い男も、

「ほんま、すぐ帰るきん。どうぞどうぞ」

と、英里子に席を譲って、グラスを持って壁際に立った。

「すみません」

恐縮しながら英里子が空いた席に座って、何分も経っていなかった。扉が開いた。さっきと同じように、客たちは全員がドアに目を向ける。英里子も思わず体をよじった。男が顔を出し、その後ろにもう一人連れがいるようだった。

そのとき、この小さな地方のバーの中に溢れたのは、おそらく全員の口から漏れたおお、というどよめきに近い声だった。その声はどうも、後ろの男に向けられているようだった。

「いやー、かっこええわ」

と、近所でよく見かけるおばさんが、囁《ささや》くように熱の籠った声で言った。港町の自転車屋のおばさんだということに英里子は気づいた。確かに二人目に入って来た男はかっこ良かった。どこかで見たことがあるような気がする。バーの中のどの顔も晴れやかになってその男を迎えていた。

「いらっしゃ〜い、ようこそ」

ママがすべての人の思いを代弁するように満面の笑みで彼を迎え、それまで空いていた英里子の隣の席に彼に座るように導いた。今日のママの化粧は念入りだし、ファッションにも一段と気合いが入っていることにも、そのとき気づいた。

しかしそれより、この男は自分の横に座るのだ。そこに座っていた若い男を立たせてまで。お付きのもう一人の男のために、英里子は席を譲ろうとしたが、彼はいえいえと後ずさった。英里子は申し訳がなくて仕方がなかった。男の顔をよくよく見たが、やっぱり誰とは言えなかった。みんなの嬉しそうな顔からすると、相当の有名人なのだろうが、本人も名乗らないし誰も紹介してくれないので、わからない。

「こんにちは、いや、こんばんは、か」

　隣に腰をかけた男がそう言って、そんな挨拶にも、みんな笑った。社長が突然職場に訪ねて来て、部長や課長が社長の言葉すべてに追従笑いするような場面を英里子は思い出した。ママが注《つ》いで出した水割りのグラスを男が手に取ると、ママが「かんぱーい」と声を上げ、みんなで乾杯をした。英里子も一緒に出されたグラスを掲げ、なんとなく、その男とグラスを合わせてしまい、あらよかったのかしら、と後悔した。拍手が起きて、店内がざわざわしたところで、反対側の客に、小さな声で聞いた。

「あの……どなた、でしたっけ？」

「え？」

　ここで初めて見る客の男は、信じられないという顔で、目をぱちくりさせた。

「え？　知らんの？　うそ？」

　大きな声を出すので、ママにもその男にもわかってしまう。

「え、英里子ちゃん、もしかして知らんの？　なんかさっきからきょとんとしとるなあ思たら」

「はい……すみません」

そう言ってもう一度、男の顔を盗み見る。見た事はある。男は楽しそうに笑っていた。

「宮里翔司《みやざとしょうじ》さん。ほら、ミヤショー」

「あ、ミヤショー」

英里子はおうむ返ししたが、それでピンときたわけでもなかった。精悍《せいかん》な顔つきと恵まれた体軀《たいく》からスポーツ選手とは想像できたが、詳しくは何もわからないままだ。業を煮やしたように、駅向こうの酒屋の親父がやっと解説してくれた。

「サッカー元日本代表の司令塔。ミッドフィールダーやのに、Jリーグ得点王とったこともあるんやで。ほんま、知らんの？　ほしたら、カメヤマーレの監督になったんもか？」

「カメヤマーレ？」

英里子の一つ一つの答えがすべて、今日の客を唖然《あぜん》とさせているようだ。

「へえ？　知らんのか。亀山におって。亀山がホームのサッカーチームやで。今期、J2に昇格したんや」

「J2？　て、Jリーグ？」

「こらあかんわ」

店内は大爆笑となった。すまなそうにミヤショーを見る。気を悪くさせたかと思ったが、笑っていたので、とりあえずほっとする。どうやら、八年前に、亀山市をホームとするサッカーチーム「カメヤマーレ瀬戸内」ができ、今年、カテゴリー二番目のＪ２に昇格したのを機に、元Ｊリーガーで、日本代表としても名を馳《は》せたミヤショーを監督に招聘したのだということがわかった。ミヤショーの祖母の実家が亀山ということもあって、とんとん拍子に話がまとまったらしい。どうして銀馬車に来たかというと、カメヤマーレの地元スポンサーのひとつである醤油《しょうゆ》屋の社長が、ママの従兄弟《いとこ》なのだそうだ。年に一回くらいここに顔を出し、この間、ミヤショー連れてきてよ、ということになって、実現したのだという。

「ワールドカップやって出とるで。知らん？」

隣の男はまだ不思議らしく、英里子に質問する。

「あ、見に行きましたよ。二〇〇二年の日韓。あ、えっと日本戦やのうて、サウジアラビア対どこやったっけな」

ようやくわかる話題になったので、自慢げに話すと、ははははは、と反対側から高らかな笑い声がした。ミヤショーだった。

「二〇〇二年はぼく、出られなかったから」

その言葉で、この小さな酒場は凍り付き、英里子は自分への刺すような視線を感じた。

すぐにそれを察してミヤショーが、

「ごめんごめん。ぜんぜん気にしてないからいいんですよ。ごめんなさい」

と慌てて弁解してから(後で聞くと、直前の怪我で出られなかったらしい)、

「君、いいね」

と言って、英里子に向かってグラスを差し出し、

「ぜんぜん知らない人って新鮮です。気が楽」

と笑ったので、店内がどっと湧く。

「すんません、あんまり時間ないんですよね。サインお願いできます?」

とママが割って入って、準備していたらしい色紙を差し出すと、

「あ、おれもサインください」

とさっきまで英里子の場所にいたヒロシがTシャツの背中をミヤショーの方に向ける。それまで気づかなかったが、ヒロシの頬は紅潮していた。たぶん大ファンなのだ。彼の言葉を機に、われもわれもと色紙や雑誌のページが差し出された。

「ヒロシくん。ここ座りなよ」

と、英里子が席を譲ろうとすると、ヒロシは、

「いや、ええです。同じ空気を吸えるだけで幸せですから」

と固辞する。ミヤショーが来るというので、今日という日を楽しみに待っていたのだ

ろう、感激のあまりなのか、震えている。その席の重みも有り難さもわからない自分が座っていいものだろうかと思った。ママも、英里子が喜ぶだろうと常連のよしみで座らせてくれたのだろうに。

ひととおり、サインが終わり、ミヤショーは三十分くらい、みんなと写真を撮ったりして過ごし、連れの男が時計を見て「そろそろ」と言うと、彼は、

「じゃ、もうひとつ、会合がありますので、失礼します」

と丁寧に挨拶をした。帰る間際に思い出したように、

「こないだ、駅の裏の『かめやま鶏《どり》』に行ったんですけど、あそこ、めちゃくちゃ美味いですね」

と言った。

そのとき英里子はおそらく初めて、ミヤショーに興味を抱いた。積極的に話をしたいと思ったのだ。かめやま鶏が美味いと言われたら、一言言わないわけにはいかない。

駅の向こうにあるかめやま鶏は骨付鶏の古い店だ。オーブンで焼いた鶏のもも肉を、骨付きのままかぶりついて食べる。創業五十年は軽く超えているだろう店で、そもそも港湾労働者向けにカロリーが高くて濃い味を提供していたらしいが、そのままの味を守り続け、亀山市民には愛される存在なのだ。英里子は幼稚園の頃からその味を知っている。

「そうでしょう、美味いでしょう。あそこの鶏は私のソウルフードです」

ミヤショーが不思議そうな顔をした。

「え、君はここの人なの？」

「そうですよ。この角曲がったところの果物屋です」

「へえ、そうなんだ。いやごめん、東京の人かと」

「すみません、去年まで東京にいたので。あの鶏が美味しいっておっしゃっていただくと、嬉しいです。選手たちにもぜひ勧めてください。試合のあと、ビールで鶏、最高ですよ」

ついこの人がスーパースターであることを忘れて、調子に乗ってぺらぺら喋ってしまった。ヒロシはすぐそばで、感激のあまり震えているというのに。あまり喋りすぎると顰蹙《ひんしゅく》を買うからやめようと思ったのに、ミヤショーの方が乗ってきた。

「そうだよね。合宿所とかに差し入れできないかな。あ、トレーナーに叱られちゃうかな。テイクアウトとか、あるんだっけ？」

英里子は店で食べた事しかないので、自信がなく、ママに助けを求める。ママは頷きながら引き取り、

「テイクアウトありますよ。言うときますわ、社長、時々来ますし。喜ぶわ。なんならうちで差し入れしましょか」

とどんどん話が進む。

「いえいえ、ちゃんと買わせていただきます。とにかく、あの鶏は美味い。みんなにも食わせたいし、いや、もう知ってるかもね。僕も、毎日でも行けそうですよ」

とミヤショーは楽しそうに言って、彼を連れてきたお付きの男（カメヤマーレの広報役員だった）に、ママに名刺を渡すように告げた。そして、英里子にどうもありがとう、と言い残し、さわやかに去って行った。

「いやー、かっこよかったわあ」

ミヤショーが帰ると、ヒロシをはじめ何人かは一緒にいなくなってしまったが、それでもいつもよりたくさんの客が残って、ミヤショー談義となった。

「それにしても、英里ちゃん、知らなさすぎやで。ミヤショー横にしてあれはないで」

ママには笑いながら叱られた。

「ほんまやわ、あんな有名人やのに、全然興味なさげな顔して」

自転車屋のおばさんにも責められる。彼女は、今夜はミヤショー来るからといって、せっかく家をあけて出てきたので、おられるだけおる、とカウンターに根が生えたように動かない。

「なんて言うの、無欲の勝利言うんかしら、ママ。そういうの、見抜くんよ、ああいう人は。わたしや、もう興奮してしもて。なんか悪いオーラ出てなかった？」

ミヤショーとツーショット写真を撮ってもらって、まだ夢を見ているような顔つきの彼女の話を聞きながら、英里子はミヤショーとの邂逅のことより、違うことを考えていた。これまで漠然と考えてきたひとつひとつが、どこかでつながるように思えた。

4

春は少しずつだが、この亀山市にも近づいてきている。まず瀬戸内海の水が温《ぬる》み、空の色が変わって、山に青みが増していくようになる。英里子は田舎の風景がそんなふうに変わっていくのをこれまで感じた事はなかったように思う。亀山に帰って来て、もう一年になろうとしている。

なんとなく始めたラジオ体操も、まだ続いている。冬の間でも英里子は二日に一度は必ず行った。続けて休む事はない。田嶋もそんな感じだ。二人のテンポが嚙み合わないと、一週間くらい会わないこともあったが、ミヤショーと遭遇したことをすぐに話したかったのに、ひと月以上会えていなかった。彼岸も過ぎたある休日、商店街のイベント以来久しぶりに会った。田嶋は年度末はさすがに忙しくて朝来られなかったのだと言った。英里子はすぐにその話をする。田嶋ならミヤショーのことは知っているだろう。

「あ、そうそう。今年からJ2の監督になったんだよね。すごいよね、よく来てくれたよね」

「やっぱり、そんなスーパースターなんだ」

「だよ。知らないあなたもすごいけど」

そう言って笑う田嶋は、ミヤショーについて詳しく教えてくれた。千葉出身で、小さいころから天才サッカー少年として知られ、高校生でブラジルに留学した日本で何番目かの選手で、日本に帰ってきてからは、横浜のクラブで大活躍し、何度もJリーグ優勝し、ワールドカップ初出場にも大いに貢献した（日韓大会には怪我で出られなかったことも、誰もが知る事実らしい）。三十歳で惜しまれながら引退、コーチの資格をスペインだかでとって、少年カテゴリーのチームの育成に携わっていたらしい。

「そういうとこがかっこええやん？　過去の栄光にしがみつかないっていうか。で、ファンも多いんだと思うよ。それであのイケメンやしね」

「やけにお詳しいんですね。一般の人もみんなそれくらい知っていてあたりまえなんですか？」

「いやいや、そんなことはない。別れた女房が横浜の社長の娘だったから……」

大手門への坂を降りながら、田嶋の話をふんふんと聞いていた英里子は、そこで歩みを止めた。〝別れた女房〟と確かに言った。田嶋も英里子の前を数歩歩いてから、立ち止まった。そして肩で大きく息をついてから、振り返った。なんとも情けない顔で、英里子を上目遣いで見上げた。

「やっちゃった……」

「はあ」

「ごめん、嘘ついてました。東京に家族はいません。女房には愛想つかされました。もう東京に戻る事はないです」

木漏れ日がちらちらと、田嶋の後退しつつある広い額を照らしていた。彼はまぶしそうに目を細めた。白い歯がこぼれた。

「つまんない話だけど聞くかい？　僕のサラリーマン大転落物語」

不思議な光景だった。暖かさが時折感じられるようになった春風が吹き抜けて行く、亀山城の風景の中に、サラリーマン転落とはなじまない言葉だった。坂の下にいるからなのだが、目線は英里子の下にあり、いつもの田嶋よりずっと小さく見えた。

「はい、お嫌じゃなければ聞きたいです」

英里子は答えた。

「よし、じゃあ、今度の土曜の昼、美味いもんでも食いながら話そう。十一時半に迎えに行くんでいい？」

田嶋は明るくそう言って、英里子の返事を待った。英里子が深く頷くと、再び坂を降り始めた。

「別れた、と言うより放り出された、と言う方が正しいんだけどさ」

たまには亀山の方言で話せるようになっていた田嶋だが、すっかりまた東京の言葉に戻っていた。これまでちゃんと聞いたことはなかったけれど、横浜生まれで商社マンの父の転勤で小三までロンドンにいて、そのあとはずっと世田谷だったという。

「これでも途中まではいい線行ってたんだよ。いわゆる出世コースね。本部採用でさ、そのあと新潟支店、そんで香港、ニューヨーク、戻ってきて香港二回目、かな。で、役員間近で」

「間近で？」

有機野菜のサンドイッチにかぶりつきながら、英里子は田嶋の銀行員としての輝かしい経歴に聞き入った。

「まあ、馬鹿なんだけど、派遣の子を妊娠させちゃってさ。親が怒鳴り込んできて」

「あらあ」

「はい、即左遷ですね。女房はさ、もちろんついて来ないよね、理由が理由だしね。だいたいそれ以前に、まったく家族らしい家族じゃなかったし。二度目の香港も誰も来なかった」

「えー？　あたしだったら行くのに、香港」

友人の麻由と三度訪れて、海外旅行先として香港が一番好きな英里子には、田嶋の妻の行動が理解できず、思わずそう言って田嶋をからかう。田嶋の妻も、余程のことだったんだろうと思う。

「娘が駄目だったみたいだね。なかなかできなくて、僕が三十六のときの子なんだけど、あっちの高校へ行くのは嫌だと言って。それより、父親と一緒にいるのが嫌だったらしいよ、あとで女房に聞いたところでは。あなたも一人娘だけど、ご両親に優しくて、うらやましいなと思うよ」

「そんな……」

田嶋がこんなにも心のうちをさらけ出すのは初めてだが、英里子にだって話してない事はたくさんある。両親への思いだって、最初からいまみたいなわけではないのだから。

「こっちには一度も来てない。僕の方も寂しいってほどでもない。家族と会えない寂しさより、行員としてレールを外れた虚《むな》しさの方が大きかったから……。つまらん男でしょ?」

「その……派遣の人とは?」

「あはは、裁判起こされそうになったから、知り合いの弁護士に頼んで金で解決した。大人の関係と思ってたのに、急に結婚を約束してたなんて嘘つかれて。高い授業料だったよ。さらに、娘が就職決まったとたんに、女房から三下り半、サイテーだよね」

田嶋は、無農薬のえさしか食べさせていないチキンの照り焼きサンドをほおばりながら、自虐的に、というよりもむしろ楽しそうに話した。英里子もゆっくりパンを味わう。

「高松支店じゃ、窓口課長って言ってね、窓口の女の子たちの世話と苦情対応が仕事。そりゃグレそうにはなったわな。エリート街道まっしぐら、だったわけだから。行員が僕を見る目もそういう目だし。でもさ、何が僕を救ったと思う?」

「え?　何だろう」

エリート行員時代の話をしていたときの田嶋は、やっぱりそのときの顔をしていた。銀縁眼鏡の向こうの目が、自分以外は阿呆に見えて仕方がないと語っているようだった。その目が一気に緩んだように見えた。

「亀山城」

あるとき田嶋は亀山城に登った。なんということもない偶然だったそうだ。そのとき思い出したのは、ロンドンから帰国して祖父の住む関西でひと夏を過ごしたときのことだった。おじいちゃんがいろんなところへ連れて行ってくれた。

「あんとき、戦国武将好きになったんだよ。ありとあらゆる城と城主の名前を覚えたよ。ほんとに好きだったんだ。それなのに、世田谷に戻って、エスカレーター式の私立に入ってずーっと大学まで行って、ちゃらちゃらやってるうちに忘れちゃってたんだ。そのときの気持ちを思い出したんだよ、亀山城の天守閣見て」

そのサンドイッチの美味いカフェの窓からは、遠くに亀山城を望むことができた。あの小さな天守閣を持つ城が、この男を救ったのだという。英里子は田嶋の目を覗き込む。

「どういうわけか、もう気に入っちゃって気に入っちゃって。すぐ亀山市に越したんだ。この城が家から見える所に住むぞって。まあそういうわけにはいかなかったけど、でも毎日登るようになった。ラジオ体操も始めた。やたら食に興味を持つようになって、生まれて初めて自炊するようになった。だって、野菜も肉も魚も安くて美味いからね。するとさ、面白いもんで、仕事もやる気になってきたんだよ。お客様サービスが楽しくなってきて、地域の幼稚園の子たちの絵をロビーに飾ったり、奥さん集めてバレーボール大会やったり、社員運動会も三十年ぶりに僕が復活させたんだよ。運動会なんて、僕に一番縁遠かったものだよ、おかしいだろ？」

そう締めくくって、田嶋はコーヒーを満足そうに飲み干した。英里子はその動作とともに、ふーっと息を吐き出した。何かある気はしていたけれど、こんな波乱の物語を有する男とは思いもしなかった。彼にとって、東京も香港もニューヨークも、亀山にかなわなかったということなのか。窓の外遠くに見える城をもう一度眺めた。亀山の事をこの人はこんなに評価してくれたのだ。そのことが純粋に嬉しい。

「あれ、俺、なんでこんな話したんだっけ」

田嶋がふいに我に返ったようにそう言って、ようやく、英里子は田嶋の別れた妻が、

「ミヤショーが所属していた横浜のチームの社長の娘」だったことを思い出した。

「そうですよ、忘れるとこでした。ねえねえ、もしや、元奥さんにですよ、たとえばですよ……」

「ダメダメダメダメ。無理だよ。なに考えてんのか知らないけど」

「いや、たとえばの話ですよ。ミヤショーがかめやま鶏が好きだったことをどっかで喋ってくれる、とかですよ……」

「何言ってんの。無理無理無理無理。彼女が俺の話を聞くなんて可能性ゼロ」

「そうですか。イメージキャラクターとかなってくんないかなあ、とか」

英里子は大げさに残念そうにしてみせた。商店街復興のためだった。口にし続ければ、きっと夢は叶《かな》う。亀山への愛を語った田嶋なのだ。この人を巻き込まずして夢は叶わない。駄目元で何度でも言おう、と決意する。

「田嶋さん……あなたと私はよきラジオ体操友達ですよね」

「うん、そうだよ」

「そして、よきランチ友達」

「うん……」

「そして、鍋友達でもありましたね」

「ああ……」

「そうそう、そして何より、ともに亀山を愛する、良き亀山市民です」

「はい……」

最後の「はい」が何を意味するのか、何の意味もないのか、英里子にはわからなかったけれど、都合良くそれを〝全肯定〟と受け取る事にする。

「もう。わかったよ、あなたの言いたい事は。僕に、元妻に頭を下げて、お父さんに頼んでくれと。ミヤショーにかめやま鶏のイメージキャラクターになってくれるよう頼め、って言うんだね」

「はい！」

英里子はすかさずいい返事をする。

「じゃあ、ひとつアドバイスしよう」

「……はい！」

「それを言うのはもっと先。まず、ミヤショーと鶏屋さんの関係を熟成させてから。もっと地元で、ミヤショーといえばかめやま鶏というふうにならなきゃ駄目。ああそうそう、あなたみたいに、ミヤショーを知らない人もいる、あまりいないけどね。かめやま鶏がどれだけ有名かも僕は知らないけど、その二つがもっと結びつく。直結する。そうしておいて全国区に発信する。いい？　急いじゃ駄目。急ぎすぎないのも駄目だけど。機が熟していないのに、仕掛けるとコケる。ひとつひとつ関係を熟成させていっとかないと。ミヤショーとかめやま鶏、ミヤショーと銀馬車、ミヤショーとあなた、市役所。細かいところをつないでおく。そして最後に、ドーン、と」

「はい！」

田嶋の言う事はもっともに思われた。そして、最後にドーン、に、もしかして期待してもいいのかもしれないと、希望をつなぐ事にした。サンドイッチの最後の一口をぱくっと口に放り込んだ。ハーブのかすかな苦みが口の中に広がった。

四月になって、老朽化のため、四本あるアーケードの一つが撤去されることになった。その情報を教えてくれたのは銀馬車のママだ。お店で聞いたのではなく、路地のお茶屋さんに切らした番茶を買いに行ったときに（それまでお茶は駅前のスーパーで買っていたのだが）、偶然会ったのだ。スッピンでジャージ姿のママはまるで別人だった。向こうから声をかけてくれなかったらわからなかったかもしれない。

「桶屋町のアーケードな、あそこ、もう二軒しか開いとらんのやわ。去年、台風のときにな、危なかったたん、日頃から金惜しんで修復しとらんかったんが悪いんやわ」

ママは悪態をついたが、英里子にはショックだった。いくらシャッター通りと言っても、アーケードがなくなるというのは。

「寂しいですね」

と英里子が漏らすと、

「そやな」

と言っていたママだったが、その話を聞いてからほどなく撤去されてしまうと、

「すっきりしたわ」

と言うのだった。今度はばっちりメイクをしての店のカウンターの中でだったが。

「どういうたらええんかなあ、空が見えたんよ。新鮮やったわ。いままで暗かったやん、桶屋町。店も開いてないし。それが明るうなったんよ」

とあっけらかんと、爽やかな表情で言うのに、英里子は拍子抜けした。もっと、感慨深く、アーケードとの別れを語ってほしかったのだ。そのうえ、来ていた客の三人が三人とも、

「すっとした」

とか、

「明るうてええ」

とか、

「他のとこも全部とってしもたらええ」

とまで言うのがさらに英里子を打ちのめした。

「次は商家町らしいで」

とママがさらに畳み掛けるので、商家町の住人である英里子はつい憤慨して、

「そんなの聞いてませんよ。そんなの、商店街じゃなくなっちゃうじゃないですか」

と声を荒げてしまった。

「いや、あれが景観を損のうとるし、商店街を暗《くろ》うしとる」

とママは力説し始める。英里子は悲しくなってしまった。住み慣れた住居を強制排除されるような気がする。

「英里子さん、っておっしゃるん？　ちょっと考えを変えた方がええかもしれんよ」

カウンターの一番左端に座っていた港町の楽器屋（高校生の頃、レコードをよく買ったものだった）の女主人（早くに夫を亡くし、女手で切り盛りして来たのだ）が、英里子を覗き込むようにして言った。

「雨に濡れん、ゆうのはええんやけど、雨の日はだいたいお客来んのよ。街をぶらぶらするんは、お日さんや風にあたったりしたいもんなんとちゃう？」

品のいい、きれいな声で彼女は続けた。

「街をぶらぶら……」

英里子は彼女の言葉を呟《つぶや》くように繰り返す。

「外やったらね、道路に椅子出してね、カフェみたいなこともできるやんか。屋根があると押さえつけられとるみたいな気もするもんなんよ」

薄い水割りを口に含みながら彼女は目を細めた。楽器屋の奥さんだから音楽には詳しいのだろうかとふと思った。ジャズでも歌いだしそうな雰囲気の人だ。その向こうでママが首を縦に振っているのが目に入った。

英里子は不可解だった。アーケードあっての商店街なのであり、撤去されるのは商店街の未来を象徴するような、不吉な出来事なのではないのかと思い込んでいた。住民自身は撤去した方がいいと思っているのだろうか。

家に帰ってから、同じくアーケードの住人である母にも聞いてみた。母はこのごろ喜怒哀楽を明確に表さなくなっていたので、アーケードの撤去という事態が、あまり飲み込めてないみたいだったが、

「雨に濡れんでええわ」

とだけ言う。つまりは、その機能性は認めているということか。

「散歩したいと思う？　お天気のいい日だったらお日さまの下を」

と質問を変えると、

「うん、してみたい」

と言うので、どっちに賛成なのかはわからない。そして、

「こないだテレビでやっとった」

と、突然話し出した。

「スペインのな、アンダルシア？」

「うん、アンダルシア」

「アンダルシアのどこかの小さい街でな、入り組んどるんよ、道が。それはなんでか知っとる？」

「え？　どこ？　セビリア？」

「ううん、ちゃうかった。なんかな、大きな教会があるん。教会やけど、なんやったかな、ええと、イスラム教寺院？」

母は覚えている限りの言葉を並べ立てる。

「ああ、コルドバ、だね。メスキータって言うてなかった？」

「うん、もう忘れたけど」

「そこの道が？　なんで入り組んどるん？」

「えっとな、影や。細い道で入り組んどるけんな、影がようけできるんや」

「ふんふん、なるほど？」

「ものすご暑いんやて、この地方は、夏は特に。それで影を作って、ちょっとでも涼しゅうしょうと……」

ほほう。英里子は唸った。母の説明を完全に理解した。いかにも観光地らしい、白壁の家にあでやかな赤い花が垂れ下がっている写真がよくある。カルメンが髪に挿しているような（イメージの）、深紅の花だ。暑さをしのぐための影。人々の知恵がそこにはあるのか。暑さも、寒さもしのげるのかもしれない。アーケードにもそんな効用はあるのだ、と母が言いたかったわけではないだろうが。

けれども、暑さや寒さから守ってくれる屋根の下に、日が射さないのは事実なのだ。雲一つない晴天でも、電灯のついた屋根の下を歩かねばならないのだ。どんなにその日が日本晴れの美しい一日でも。アーケードの中は、散策したいご婦人には向かない。

英里子の思考にまたひとつ光が灯った。これから商店街を立て直すとして、そこに集う人たちは、いったい何に惹かれてやって来るのだろう。

「岡山に出張になったの。英里子のとこまで足のばせるかなと思って。来週の土曜日なんだけど、行ったら会える？」

麻由からメールが来たのは、そんなときだった。

麻由にほぼ一年ぶりに会えるのはそれだけで嬉しかったけれど、渡りに舟、とはこういうことを言うのだと、英里子の直感が告げていた。

「いつだって大歓迎。来て来て」

と英里子は返事を返した。

麻由は、亀山駅まで足を伸ばして来てくれた。駅前にある、このあたりでは唯一の文化施設である美術館のティールームでお茶を飲んだ。それだけの時間しか、麻由には捻出できなかったようだ。それでもたった一時間でも麻由と話ができるのは、英里子にとってかけがえのないことなのだ。

「どう？　元気にしてた？」

というとりあえずの社交辞令に、英里子は全部をすっ飛ばして、いきなりミヤショーの話をしたのだった。今年度から亀山がホームのＪ２サッカーチームの監督になったミヤショーと遭遇し、『かめやま鶏』という骨付鶏の店がお気に入りと知ったと、かいつまんで話す。

「取材してくれない？　ほら、グルメ番組の広報担当じゃなかった？　それで亀山に目を向けさせる。ついでに、お城や美術館もある素敵な場所だと。まあ、やらせっぽいけどさ、商店街の復興に、少しでも役立つ事をあたし、したい」

あまりにまくしたてたので、麻由はわけがわからないといった表情をみせたが、ミヤショーにだけは反応した。

「そうそう、ミヤショーが来たんだよね、英里子の街に。それびっくりしたのよ。ミヤショー追っかけるってのはありかも」

「ほんと？」

「その、骨付鶏？　はどうかわかんないけど、あたしが担当してる番組のデスクがサッカー好きだからね、聞いてみるよ。でも期待はしないでね」

「ううん、期待する。お願い、ぜひ、頼むよ。ここの商店街、なんとかしたいのよ。もり立てることをいろいろ考えてるの。麻由のお力でなんとか……」

「確かに、ここの駅前すごいね」

「すごいって?」

「何もない」

「はあ、確かに」

「お茶飲むのもここだけ、って感じね」

「うん、そうなのよ、だから、なんとかしたいのよ、素敵な街にしたいのよ、ね、麻由ちゃん」

「はいはい、こんな時ばっかり。それより、英里子の方はどうなの。ご両親は? 和生くんとはその後は? それを聞きにきたのよ」

麻由は矢継ぎ早に質問を浴びせてくる。久々にビジネスっぽく喋る人に会った感じだ。確かに、まずは現状報告が先だった。短い時間しかなかったが、英里子は話せる事は全部喋った。父は入院したままでもう家に戻る事はないこと、母はすっかり昔の元気をなくしてしまったけれど、商店街のイベント以来、少し元気を取り戻してきたこと、和生のことはたまに思い出す程度だということも。心おきなく腹の中をぶちまけられる友人は貴重なのだと、改めて思った。そして今最も興味があり、英里子の心を強く惹き付けるのは、亀山商店街の未来なのだと、またその話題に戻った。

親友との時間はあまりに短かった。すぐに別れる時間は来た。

「麻由、あたし、なんかおばさんになってない？　正直に言っていいから」

別れ際、英里子は気になっていたことを言った。親友にしか聞けないことだ。こっちへ帰ってきてから、年齢層の高い人とばかり喋っているような気がする。良くも悪くも、ここは「田舎」で、このあたりでは一番の都会である県庁所在地に出かける事すらない。服だって、毎日代わり映えがしない。この季節ならトレーナーにジーパンで十分。東京にいるときには、一応通勤着というものを、年に何度かは新調していた。いま、麻由が着ているような、若草色の薄い素材の、お尻が隠れるくらいの丈のチュニックにクリーム色のパンツ、とか、ちょっと無理してビンテージ物の細身のジーンズとか、夏になると毎年きれいな色のエスパドリーユを買ってみたり。いや、ファッションはともかく、顔かたちが老けちゃってたらどうしよう、というのが不安なのだ。

「あれえ、そんなこと気にしてんの。英里子はちっとも変わってないよ。前より生き生きしてるくらいかも。ほら、辞める前はいろいろ落ち込んでたじゃない。久々に、というか、初めて見たかもよ、英里子の真剣なまなざし、っていうの？　やっと目標が定まった、って感じする」

麻由はそんなことを言った。そうか、目標なのか、と少し驚いた。これまでなかった、ということにもなる。目標ができたから生き生きしているなんていうほど、わかりやすく毎日を生きているつもりはないが、亀山に帰ってくるまでの毎日、いや、帰って来てからも、何を目指して生きていたかと言われても答えられない。和生とのこれからがどうなるかが考えの中心であったわけでもないし、ましてや、会社の経営はどうなのかなど、自分の事として真面目に考えた事もない。何を目指して、いまここにいるのか、明確な目標なんて持たなかった。そんなことを今頃気づいても遅すぎるのだろうが。

「目標、じゃないんだ」

少し考えてから英里子は言った。

「目標は到達したらいったん終わるものでしょ。でもあたしの前にいま横たわっているものって、終わんないんだよ、たぶん、ずっと。ずっと続くの。父のためとか母のためとか、あたし自身のためっていうわけでもないものだから。亀山市のためなんていうのもおこがましいし、もっと大げさな事言うとね、そうだな、この社会がもっとよくなりますように……あれ、宗教？」

「そんな大層なことだったの？　いや、英里子の目は、道端でけなげに咲く花を見つけて輝いてる、って感じだよ」

「へ、そうなの？」

道端でけなげに咲く花って何だろう、と英里子は考えた。自分でもよくわからない。この先に何が広がっているのかも。ただひとつだけ確かなことは、この街がこのままじゃ嫌だ、ということ。だから、ずっと続くかもしれない目標（と言えるのなら）の達成を、この先もあきらめることはないだろう、と思う。

いまこそ。

今度こそ。

5

治美から「やっぱり離婚する」というメールを受け取ったのは、それから一週間もしない頃だった。冗談まじりに治美が夫の事をあしざまに言うのは一種の照れで、本当は仲がいいのだと思ってもいたから、最初はぎょっとしたものの、気にするほどのことではないと思い込もうとした。ただ娘の結婚式のときみたいに、英里子と話をしたいだけなのだろうと思って、ご飯でも食べる？　と返事は出した。週末、亀山城から少し南下したところにある、最近オープンしたフレンチレストランでランチすることにした。神戸のレストランで修業したシェフが、Uターンして店を開いたらしい。

昔このあたりは、全部田んぼだった。英里子が中学生の頃に六車線のバイパスが通り、それがいまは国道になった。交通量も沿道の飲食店や大型店舗も増えたが、すぐにも手が届きそうなところに山のある地形は変わらない。丘陵でなく、低いけれどもちゃんとした山なのだ。平野にぽこっぽこっと等高線の間隔が等しい山がいくつも存在するのが、このあたりの地形だった。

レストランの窓からも、きれいな形の山が見える。桜の季節も終わって、緑がまぶしい時期になってきていた。そんな緑をバックに、そんな緑の美しさにまるで頓着することはなく、また、鄙《ひな》には稀《まれ》なと言ってもいいくらいの、洗練されたフレンチに感嘆することもなく、治美は喋りまくる。中学時代は、度の強い眼鏡をかけていたが、高校を卒業して就職してからはコンタクトだ。ちょっと濃いめだが、化粧も巧《うま》くなったと思う。十八歳という右も左もわからない時期に、英里子より四年も早く社会に出ているのだ。治美はよく通る声で、勢いよく喋る。左手の薬指にはプラチナの指輪がまだ光っている。

「お前は母ちゃん大事にせん、言われた」

シェフとは顔なじみらしいのに、人目もはばからず滑舌のいい声で言う。シェフが動き回っているカウンターからは遠い席ではあったのだが。

「ずっと思っとった、言うんや。ほんでお前とおってもおもっしょない、やと。もう、うちは切れた。離婚や」

治美は最初に注がれた水を全部飲み干して言った。

「離婚、って言うたん？　旦那さんに」

「うん」

「で？」

「何も言わん。いつも何も言わん。黙っとったらそのうちおさまる思とる」

「こういうこと、いままでにあった？」

「何度も切れたことはあったで。ほやけど、離婚を口にしたんは初めてや。あのばあさんのこと言われたんは我慢ならんかった。あんなすかん思いしてきたのに。ごめんな、英里ちゃん。こんなん聞きとうもないわな。ほやけど、なんかな、聞いてもらいたかったん」

「いいよいいよ。あたしなんかでよかったら何でも聞く」

治美は安心したように、また話し始めた。これまでに聞いた話も初めて聞く話もあった。いちばん驚いたのは、英里子が亀山市にいなかった時期、英里子の父と交流があったということだった。治美が果物屋の店先によく顔を出したというのは母から聞いて知っていたが、治美の言うことには、父と二人で話し込む事もあったらしい。

「よう励ましてもろたんよ、お母ちゃんやのうて、お父ちゃんに」

「うちのお父ちゃんがどんな言葉かけるん？　私、想像できんわ」

「普通のことなんやけどな。頑張れ、とか言うんやないんや。あんたの顔見たら元気出るわ、とか、いつもここ通ってくれてありがとな、とか。何ゆうんかな、私の存在を認めてくれとる、ゆうんかな。ほんだきん、また顔見に行きとうなるん」

父にそんな面があったとは信じがたかった。もちろん娘にはかけないたぐいの言葉だろうが、娘の友達にそんなことを言って励ましていたなんて。

「じゃあこんど、病院にも行ってあげてよ。喜ぶわ」

と言うと、治美はなおも、英里子を驚かせる。

「行きたいで。ほんまは行きたい。そやけど、お母さんに悪いゆう気がするんや。最近わかったん。私、英里ちゃんパパ、好きやったんかも」

「あれえ、そうなん？」

離婚相談に乗っているつもりが、おかしな話になってきて、二人で笑った。もうすっかり夫とのことは吹っ切れているように思えたので、英里子ははっきりと言った。

「もう、私がワンプッシュするんを待っとるだけなんやない？　ほな、言うてあげるわ、別れた方がええよ」

治美がぽかんとした。違ったんだろうか、と英里子は一瞬焦った。が、続けた。

「もう治美の準備はできとるんやろ？　それならスパッと別れて、第二の人生スタートさせた方がずっとええよ。慰謝料も踏んだくる。お義母《かあ》さんともお別れや」

予期せぬことに、治美の表情が硬くなっていく。でももう後には引けない。

「慰謝料は慰謝料として、治美自身も経済力は身につけておかないとね。自立よね。そういう生活に転換するいい機会のような気がするけどね」

だんだん方言で喋れなくなっていた。方言のなじまない話題のような気がしているうちに、東京の言葉になってしまった。そのこともよくなかったのかもしれない。治美は突然、真面目な顔になって反撃を始めた。

「ええ気なもんやな、英里ちゃんは」

「え？」

「経済力は身につけないとね、って、そんなもん、この田舎でどうやったら身につくん？　スーパーのレジ打ち代、なんぼか知っとる？　東京のええ大学出とる英里ちゃんの、いったい何分の一の給料や思うん？　そんなんで自立なんてできる思う？　ほんまに？　子供やって思い通りにはならん。英里ちゃんは結婚してないきん、責任ゆうもんがないんやわ。ほんだきん、夢みたいなことばっかり言えるんやわ」

こんなに英里子を責め立てる治美は初めてだった。思えばずっと治美は、英里子に尊敬のまなざしを向けて来たような気がしていた。英里子の言う事は正しいと過信してきたような気がしていた。すると治美はまさに、英里子が思っていた通りのことを言った。

「うちなあ、中学の頃ずっと英里ちゃんに憧れとった。けっこうて、ようできて、お父ちゃんやお母ちゃんも優しいてええ人で、幸せそうで。なんでうちなんかとつきおうてくれとるんやろかって。席が偶然近かっただけちゃうんやろかって。だいぶ経ってから気づいたんや。ああ、嫉妬しとったんかなあて。自分の父ちゃん見て嫌んなったで。なんで恵まれとる人はなんでも恵まれるんやろ。お父ちゃん、とっかえたかったわ。

ごめん、でもな、やっぱり英里ちゃんを昔もいまもすごいなあ思とるん。大事に思とるん。ごめん、ほんま、何言いよんやろ。うち、ほんまアホやわ。やっぱし」

治美はようやく笑い顔を見せたが、後悔しているように見えた。でも前半の治美の言う事はもっともだった。全部胸を突くことばかりだった。よく言ってくれたね、と言いたかった。でもそれすら「上から目線」な気がした。治美からそんな目で見られていたことを半ば承知しながら、気づかない振りをして、それをいつの間にか英里子は心地よくさえ感じていたのではなかったのだろうか。そしてそんな英里子を、治美から遠くに追いやらなかったのは、母であり、父だった。それを初めて知った。いったいどれだけの人に、人間は守られ、育まれているのだろう。

治ちゃんと自分も同じ地平に立てる事ができているのだろうかと、英里子は疑った。治美の前でさえカッコをつけていたかつての自分は、思い出したくもない存在だった。そんな自分を、治美は大事に思っている、と言ってくれた。〝いま〟が話すときだと思った。

「治美、黙っとったことがあるんや。治美に負け犬に思われたくなくて。あたし、結婚しとった。でもすぐ離婚した。治美の言う『責任』なんて芽生える時間もないくらい短い結婚生活やったの。今回戻ってきたんやって、直接のきっかけは、男に振られたから。しかも、若い女に取られた、情けないおばさん。かっこわるい奴なんよ。尊敬されるような女と全然ちゃう。でもあたし、治美がどう思ってくれててもいいんだ、治美とこれからもずっと仲良くしたい。そうさせてもらえるやろか……」

「英里ちゃん……」

治美の目が潤んできた。中学の頃から感受性の強い子だった。あまりに純粋だったので、よくからかったものだ。案の定すぐ引っかかった。英里子を信じている目はそのときのままだった。今も変わっていなかった。その目がやがてにっこりした。

「英里ちゃん、ええこと考えた」

「なに？」

「な、果物屋やろ」

「へ？」

「藤木フルーツ、シャッター上げよ。あたし手伝う。ほんだって、自立せんといかんもん」

そう言って治美は舌を出した。

「昔、実家の母ちゃん、漁協でうどん屋やっとったん。うちも手伝いよったことあるんで。ちょっとは心得あるんや。食べ物屋さんってやりたかったん。二階でパーラーやろう」

「パーラー？」

「うん、ここでしか食べれん名物パフェみたいなもん作ろう。うちは、そっち担当する。こう見えてもお菓子作りは趣味なんやで」

「へえ、ええなあ。パフェか。あたしは一階で果物屋して」

「再開させよっ。お父ちゃんのためにも」

治美は力強く言った。果物屋の再開はそのときまでほとんど英里子の頭の中にはなかった。ましてパーラーなど。でもパーラーはいいかもしれない。英里子は、アーケードが取り払われた街を想像していた。店の前にテントを張って、しゃれたアンティークの椅子と丸いテーブルを置いて、スイーツ好きの女の子たち（と連れられてくる男の子たち）が喜びそうな特製パフェだのを出すのだ。その想像は英里子を楽しくさせてくれる。

新しい店が開くということは雇用の促進にもなる。商店街方面への人の流れもできる。治美がほんとうに離婚したとして、どうしても経済的に立ちゆかないシングル女性たちの働き口として、商店街の再生とドッキングさせる……。

何でもすぐに仕事と結びつける、家庭を顧みないサラリーマンみたいだとふと思って、英里子はおかしくなった。でも、こっぱずかしいが、このサラリーマンには夢がある。夢を持って、なんてかつて偉そうに言った自分が、治美によって逆に夢を与えられている。実現するために夢はある。実現しようじゃないの、英里子はそう決意して、治美に向かって頷いた。

やがて、麻由によって朗報がもたらされた。麻由の勤める在京テレビ局が、「ミヤショーを取材したい」と言ってきたのである。そのことは英里子に、少々敷居の高い、月に一度の商店街連合の例会に向かう勇気を与えた。

英里子は早めに出かけると、会長に、最初の議題にさせてもらうよう頼んだ。いや、頼むまでもなかった。森永会長が「それはええなあ」と喜んで、会の冒頭で自ら喋りだしたからである。

「あのなー、ミヤショーがなー、テレビでかめやま鶏は美味いて言うてくれるらしいで」

えっ、えっ、と信じられないというような声がいくつも上がった。

「藤木フルーツさんが話つけてきてくれた」

と続けるので、参加者全員の目が英里子に集まった。いつからか英里子は、藤木フルーツさん、になっている。

「いえいえ私が話つけたわけじゃないんですが、ＪＨＫテレビの朝のワイドショーで、宮里監督の小さい特集をやることになって、カメヤマーレの監督になったことがもちろんメインですが、プライベートみたいなとこで、かめやま鶏で食べてるところを撮影することで進んでいるみたいです。その場合、商店街で何かできる事はないですか。そのとき、亀山の街の魅力を紹介するチャンスかと。こういう場所も撮っては、とか、こちらから売り込むことないでしょうか」

「藤木フルーツさん、やったなあ。すごいわ」

お茶屋の奥さんが大きな声で言って拍手する。ほぼ全員が同調する。英里子は麻由に頼んだだけだが、とりあえず喜んでもらえてよかったと安心する。

「観光課、どうなっとる？　今日、来とるん」

「観光課、やのうて、産業振興課な」

「河野女史、来とらんな。あいつら、協力しよれへん」

「そうそう、すぐ、公助、公助ゆうて。私たちはサポーターに過ぎません、ゆうて」

「肝心なときは責任とりよらへん、すぐ異動するしな」

京極町のイベント以降、市の産業振興課の課長代理、河野紋子は姿を見せない。彼女の口癖は「自助、共助、公助」で、「まず、みなさんが頑張る、そしてそういう方達がそろって共に頑張る、行政ができるのは、そのうえでの公のサポート、公助です」と、すぐぶつそうだ。勝田が以前、苦笑しつつ言っていた。

英里子はわからないでもない。まずは商店街のみんなに〝その気〟があるかということだろう。そうでなければ何も進まない。おそらく河野は〝その気〟があるかどうかを疑っているのだろう。

　英里子が知りもしなかったミヤショーというサッカー選手は、麻由の言葉を借りれば、「かなりキラコン」だった。みんなの食いつきが違う。自助から共助の段階に向かっているような気もする。英里子は出しゃばりすぎないように気をつけながら発言した。

「いやまずは産業振興課より、商店街が意見を出すときではないでしょうか。ミヤショーさんに立ち寄ってもらうチャンスです。いまならプロデューサーに打ち込めると思います」

　何人かが、ミヤショーさん、と繰り返して笑った。さん、と付けるのはやっぱりおかしいらしい。それで場がほぐれた。

　麻由が話をしてくれた番組プロデューサーがミヤショーと飲み友達で、以前から今度の監督就任には興味をもっていて、ぜひ追いかけたいと言ってくれたのだった。英里子は麻由の努力に報いたかった。そのためにはまずは、一人一人の〝自助〟だ。

「よおし。『かめやま鶏』のそばから湾岸に向かって歩いてもらお。あのバーはどうや」

「ああ、倉庫改造したやつか。若いもんが行っきょる」

「太平灯籠《たへいどうろう》見せて、うちわセンターは」

「ださいわ」

「青物市場の中のうどん屋でうどん食わしたらどうや」

「あそこ、美味いんか？」

「わしはいまひとつやのう」

「うどん屋はやっぱり一軒は入れんとな」

「ぜんぜんオシャレでなくなってきたで」

「銀行の建物がええ。あれ見せたら？　県の文化財やで」

「ミヤショーはサッカー選手やで。スポーツに関係せんといかんやろ」

「ほなら、競艇」

「えーーー？」

「商店街見せんでええの。現実のシャッター通り見せて、危機感あおるんは？」

「そんなん、引くで」

「いやどこの商店街もいっしょやで。共感されるんちゃう？」

次から次へと発言は活発に続いた。文字通り口から泡を飛ばしていた。楽しそうだった。ミヤショーが亀山商店街を颯爽《さっそう》と歩く場面をみんな頭に思い描いているのだ。

「ミヤショーがそう言うんなら私も行ってみたい、と思える商店街を映し出さんといかんのやないでしょうか。遠いとこの人が見て、へー、ではなくて、近隣の住民にも訴えかけるようなところを」

英里子も意見を言った。一瞬の間があって、ほおーっというまた大きな声を、森永会長が上げた。

「確かにそうじゃわ。ここを知っとった人らに訴えかけるんじゃ。亀山商店街、長い事行かんけど、おもろいことになっとる。週末行ってみんか、いう気にさせる。ターゲットはそっちじゃ」

「そやけど、いまはなんもないやんけ」

ゴン太ラーメンが初めて口を開く。この人が喋りだすと今でも少しどきどきする。

「あるがな、ゴン太ラーメンが」

お茶屋の女主人がそう言って、みんなどっと笑うが、権田は渋い顔だ。

ゴン太ラーメンは、現在の店主になって行った事はないが、高校のころ時々通った。さっぱりした味付けのスープは好きだった。

「そや、まずは、開いとる飲食店、ミヤショーに全部回ってもらおうや」

という意見が出て、結局、それに集約された。やはり、食べ物に視聴者は惹かれるだろう、という、ある種素人臭い判断である。今店を開けている、「宮川《みやがわ》うどん」、お好み焼き「桂《かつら》」、最近、新装オープンしたカフェ「風の道」は、店主がカメヤマーレのサポーターのはずだから、ミヤショーに行かせて感激の対面をさせる……。

妄想は尽きなかった。英里子はにんまりした。これまで妄想さえ抱く気にもなっていなかったのではないか。

「了解しました。とりあえず、いま決まったこと、先方に投げてみます。採用されるかどうかはわからないですが、商店街の思いは伝えてもらいましょう」

英里子は最後にそう約束した。この会で、少しだけ存在感を見せる事ができた瞬間だった。


麻由にはそのまま伝え、取材チームがすぐにやってきて、一週間後、朝のワイドショー内で三分間、「あの伝説のサッカー選手がはまった極うま○○」というタイトルで、放送された。結局、ミヤショーが商店街で行ったのは、かめやま鶏だけで、商店街の意見は何一つ取り上げられることはなかったけれど、ミヤショーは放送内でかめやま鶏を激賞した。

オンエア当日から、店の前に行列ができた。こぼれた客が、商店街の他の店に少しずつ流れた。会長の言ったとおり、やって来たのは、ごく近隣の住人のようだった。少しずつ、何かが動き出していた。

第三章

1

地元新聞・民放、ケーブルテレビ、タウン誌も続々と取材に来た。地元から盛り上がって全国ネット、という展開ではなくて、まず最初が全国放送だった。英里子は知らなかったが視聴者のほとんどが知っている元サッカー日本代表、ミヤショーこと宮里翔司が、亀山市内の小さな居酒屋で鶏のもも肉にかぶりついて、「美味い」と、それは本当に美味そうに唸る姿が、全国向けの朝のワイドショー内で紹介されたのだ。ミヤショーの精悍な風貌と、ジュージューと音をたて、飴色にこんがりと焼けた骨付鶏の取り合わせはよくマッチしていた。アスリートにとってのカロリー補給という意味合いも感じられ、しかし、そのあとでギンギンに冷えた生ビールを流し込むという図は、現役選手でなく監督だから許される行為でもあった。ビールの飲みっぷりがあまりによかったため、ビール会社がCM契約したというまことしやかな噂も流れた。

　ミヤショーもミヤショーで、その注目を賢くカメヤマーレの宣伝につなげた。取材は必ずチームと絡めることを条件にし、スタジアムの画も掲載するよう求めた。そのおかげで、俄然、カメヤマーレの試合も注目を浴びるようになってきた。さらにカメヤマーレもそれに応え、開幕以来、三勝二分けとこれまでにない好成績を維持していたのだ。もちろんチームの力であろうが、骨付鶏恐るべし、である。

　商店街の会合での英里子のステータスも上がった。なにせ、英里子がJHKテレビに売り込んだことから、このお祭り騒ぎは始まったのだから。

「いやあ、ほんま。藤木さんには感謝やわ。このまま、どんどん行こで」

　と単純に喜びを隠そうともしない森永会長に続き、いろんな場所でテレビクルーを見ただの、地元紙に取材をされただの、本物のミヤショーを間近で見ただの、「かめやま鶏」が繁盛していつ行ってもすぐに入れなくなっただの、それぞれがこのにわかに盛り上がった現象を興奮気味に語った。そうやって商店街のみんなが喜んでいるのをみて、もちろん英里子も嬉しいのだったが、同時にデジャブ現象に陥った。「祭りのあと」の憂鬱な気分である。このまま行けば間違いなく、また一発の打ち上げ花火に終わるような予感がする。いくらミヤショーが「キラコン」とはいえ、「おせったい鍋」のときと同じでは何も学んでいないことになる。

そんななか、この日初めて参加したという居酒屋「こけし」の親父が不満げに声を上げた。

「あのなあ。ちょっと言わしてもらいたいんやけど。うちもな、やっとんで、骨付鶏」

こけしの親父は赤銅色の顔色をさらに汗でギラギラさせて言った。

「そら、あっちの方が古いで。ほんやけど、うちだけでなしに、商店街にはまだも一つ骨付鶏やっとるとこあるで。そらな、かめやま鶏はいちばん美味いとは思うで。けどな、発祥の地やゆうて、あっこばっかり注目されるんはなんかなあ……」

それを聞いて、英里子は驚いていた。英里子が子供のときから愛してやまない骨付鶏は、「かめやま鶏」しか知らなかったからだ。他にも同じメニューを出す店があったとは。頭の隅に何かがひっかかった。

「そやけどあんたが、かめやま鶏は、いっちゃん美味いで、言うたらいかんやろ。プライド無さ過ぎやで」

模型屋の親父がすかさずそう言って、みんなどっと笑った。いったん笑いが収まった頃、英里子はそのひっかかりを口にした。

「あの、それでは、かめやま鶏みたいな骨付鶏を出すところが、商店街全体で三軒あるということですか」

「そや、いまはな」

とこけしの親父。

「いまはなって、昔はもっとあったんですか」

「六、七軒あったかの。それにいまでもな、国道沿いやバイパス沿いにまだようけあるがな」

「え、ほんまですか?」

英里子は全然知らなかった。骨付鶏といえば、かめやま鶏だけだった。こけしの親父の言う通り、そこがいちばん美味い、のかもしれないが、かめやま鶏が気に入った客は、とりあえず、他の店のも食べてみたいと思うんじゃないだろうか。骨付鶏を愛してきた英里子にはその心境がわかる。英里子の頭の中で考えてきたことが少しずつ回り始める。

「あのー、いま、人が亀山商店街に集まり始めてますよね。でもそれは、かめやま鶏目当てだし、このままだと一時的な流行で終わるかもしれませんよね。それを他の店、もっと言うと飲食店、もっと言うと骨付鶏が食べられる店へもつなげられんですかね」

前より自信を持って喋れるようになってきている、と英里子は思う。亀山弁で、喋ることも考えることもできるようになってきたような気もする。

「そうなんや。それげなことを言いたかったんじゃゃわ、ありがと」

こけしの親父は満面の笑みを英里子に向けた。

「権田さん」

と誰かが言ったので、英里子は緊張した。ゴン太ラーメンはいまだに少々トラウマである。

「ゴン太ラーメンも、鶏スープのぎとぎとのあるやんか。あれやって骨付鶏メニュー言えるんちゃうん？」

「ええ？　なんなら、それは」

ゴン太ラーメンのガラガラ声がその場を威圧する。

「いやいや、いけるで。それ、ええがな」

今日初めて、勝田が発言した。

「とりあえず、商店街で三軒ある。それにゴン太ラーメン。国道沿いの店はどこな？　それもつなげてみる」

何回か前から会議のときは置くようになった白板を引っ張ってきて、勝田は亀山市のざっとした地図を描き始めた。

「ここが駅、かめやま鶏はここで、こけしはここらやな。ゴン太がここで。あとの二軒はどこな」

こけしの親父も白板の前に出て、その場所に星印をつける。商店街から南方面に、国道の直線を引く。その沿道にまた星が付け加えられる。それらをつなぐと、なんとなく一本のルートになるように見えた。英里子は声を上げた。

「骨付鶏ストリート、ですよ」

参加者が、英里子をきょとんとした顔で見る。こういうとき、勝田は役に立つムードメーカーだ。

「ええなあ、骨付鶏ストリート。それでいこ。いや、もっと短こうして鶏ストリート、はどうや」

みんなざわざわする。英里子は言った。

「鶏ストリート。簡潔でいいですね」

「よし、決まり。言うてしもうたもん勝ちや」

「昔あったあとの三軒は、いまはシャッターですか。郊外でお店やってるんですかね。戻ってきてくれないでしょうか。また、商店街へ」

「なるほど……」

森永会長が、いかにもその意見は良い、とでも言うようにうなずいた。英里子の頭の中では、すでに、鶏ストリート構想は現実のものになりつつある。かめやま鶏以外の店の味は判断できないが、いま集まり始めた客たちの受け皿になるのは間違いない。いや、もしかしたらその他の店で別の名物が生まれるかもしれない。

「ミシュラン、てありますやん？　あれみたいに調査に行ったらどうでしょう？　結構、骨付鶏おいとる店、あるでしょう。それ、わたしらで食べに行って合格したら、鶏ストリートの店に入れるいうんはどうやろかな？」

楽器店の女主人が言った。

「ピンポーン！　それ、ええです、やりましょ」

英里子はほとんど嬉しくなって言った。

「覆面調査やな」

そんな声も上がって、会場の喫茶店内は異様に盛り上がっている。権田が一人、ミシュランてなんな、と例のガラガラ声で呟いたのを英里子は聞いて、すかさず、

「有名な外国のグルメ本です。覆面審査員が星の数でレストランを評価するんです。前に、銀座でお寿司屋さんが星とったゆうて話題になりましたでしょ。オバマ大統領が行った」

と教えてあげて、あ、また高慢ちきと言われるかも、と首をすくめたが、ゴン太はふーんとおとなしく聞いていた。もう、おびえなくていいのかもしれない。

「そういうの、取り入れてもええやん。星つけて評価。そら、悪い点はつけんけどな」

と勝田。

「いや、いかんわ。味の悪い店もそれなりに評価せんと。その物差しは間違《まちご》うたらいかん」

ゴン太が勝田を叱るように言った。まっとうな意見だった。俄然みんなが真剣な表情

になり、話に乗ってきた。星をつけるというよりは、亀山商店街連合会の基準を決めて、基準を超えた店だけを認定し、お墨付きを与える方がいいのではないかとなった。そして、味覚に自信のある審査員とまではいかないが、「試食チーム」が結成された。英里子はもちろん、「自信を持って」立候補した。

「こんなこと言うたらまた高慢ちき、と怒られるかもしれませんけど、あたし以上に適任者はおりません。なんせ、五歳のときから食べてるんですから」

全員を見渡してそんなことまで言えるようになっていた。ゴン太ラーメンも笑っていた。だんだんみんなの中に遊び心が生まれつつあるような気がした。

試食チームは英里子のほか、そもそもの発端だった居酒屋「こけし」の親父、鶏好きでは英里子に負けないと対抗してきた桶屋町の田久保薬局の三代目と決まり、全員で選んで決めた計十六軒の店を、次回の打ち合わせまでに試食しておく、ということになった。そのあとは三者会談で決める。

英里子が担当することになったのは、商店街の一軒「とり一」と、郊外の四軒だ。まずいちばん遠くからと思い、土曜日の午後、市内を巡回しているコミュニティーバスに乗って、昔、高松へ行く国道だった道と県道とが交差する四つ角にある、何軒か飲食店が建ち並ぶ一角を目指した。「吉田屋」という、何の専門店かわからないような屋号の、ごく普通の居酒屋だった。夕方早い時間から開いているのがよい。帰りのバスの時間を確認してから、生ビール一杯だけ飲もうと決めて（骨付鶏はビールとの相性で決まるところもあるから生ビールは必須なのだ、との判断で）、のれんをくぐる。

十席ほどのカウンターと小上がりがあるだけの相当古びた店だった。こういう店だけど美味しい、というのでなければ、客は何のために来たのかわからず腹を立てるかもしれない。英里子は、自分がミシュランの調査員のような感覚でいることがおかしくもあり、調査員としてのプライドさえ芽生えていることにも気づいた。小上がりに家族連れが、カウンターに二人の客がいた。カウンターは男女一人ずつの客で、それぞれが店の奥の天井近くに設置してあるテレビにちらちら目をやりながら、骨付鶏にかぶりついていた。女が一人でも入れる店なんだ、とちょっと安心して、その女とひとつ席を空けて座ろうとして、英里子の動きがとまった。体が硬直した。

下から英里子を見上げたのは、亀山市役所産業振興課課長代理、河野紋子だったのだ。

驚きのあまり英里子が微動だにできなくなったように、彼女も鶏にかぶりつこうとしていたその動きを止めてまで、英里子を凝視した。そしてそのまま、鶏のもも肉を、油が滴った皿に戻した。お互いにまるで想像していなかった再会のとき、だった。しかし、悪い所を見られたという感じは、河野の方により強いのじゃないか、と英里子は思った。

「……あ、ごめんなさい。びっくりしちゃって。隣におかけになりますか？」

河野は喉の奥から声を絞り出すように言って、英里子を改めて見上げたが、そのときにはすでに、いつもの冷静さを取り戻していた。英里子に断る理由はみあたらなかった。

「はい、よろしかったら」

と答えて、彼女の右隣の椅子を引いて座った。

河野の前には、半分くらいかぶりつかれた骨付鶏と、半分くらい空いた生ビールの中ジョッキ、それに冷や奴と枝豆の小鉢があった。カウンターの中の親父が前からおしぼりを差し出したので、英里子は、

「この方と同じものを」

と注文した。

河野は、いつもはきれいにブローしているセミロングの髪を高い位置でポニーテールにし、いつもの黒っぽいパンツスーツではなく長袖のボーダー柄のTシャツにジーンズといった格好だった。おもむろにビールを口に含み、カウンターにおいてあるティッシュボックスから数枚抜き取って口元を拭った。

「いや、びっくりしました。休日こちらにおいでになることもあるんですね」

英里子から切り出した。

「とんだところを見られちゃいましたね。いま、ダンナが亀山で用事をすませてて、その間私だけ一息いれてるとこだったんです」

そう言ってかすかに笑みを浮かべた。会でよく見せる取り繕った笑顔とは違った。結婚していたことに英里子は少しびっくりした。独身に違いないとなぜか思い込んでいた。

「ああ、そうなんですか、ここ、よく来られるんですか。骨付鶏があると聞いたものですから、あたしも一度食べたいと思って」

本来の目的に立ち返り、英里子は質問した。

「おいしいですよ、ここ。ほかにも何軒かあるんですが」

「そうなんですってね。あたし、全店制覇しようと思ってるんですよ」

英里子が意気込んでそう言うと、河野の目が再び冷ややかさを含んだように思われた。

「ミヤショー、ですか、あなたも」

「え？　ああ、そういうわけじゃないです。あたし、五歳のときからかめやま鶏のファンですから」

ミーハーと軽蔑されたに違いないと思い、英里子はあわてて弁解する。

「あら、そうなの」

「河野さんって高松のご出身なんですよね」

「いいえ、いまは高松に住んでますけど、もともと関東なんです、生まれは」

「え、そうなんですか？　どちらですか」

「埼玉。上尾《あげお》ってわかる？」

「もちろんですよ。野球の強い。あらあ、そうなんですか。なんでこちらへ？」

英里子の前にビールと枝豆が来た。二人はどちらからともなくジョッキをかちんと合わせた。河野がビールを喉に流し込み、骨付鶏に豪快にかぶりつくのを見てから、英里子もジョッキに口を寄せた。鶏が焼き上がるのが楽しみでたまらない。それまでにはまだ間がある。

河野はふーっと満足そうな息を吐くと、自分の生い立ちを話し始めた。海無し県の生まれだったから小さい頃から海に憧れていたこと、それで、太平洋に面した高知の大学を受験して四国在住となったこと、大学で高松出身の夫と出会い、結婚して高松に来たこと、夫は大学教員で、今日は亀山市で学会があって参加していることなどを、ビールのほろ酔いもあってか、気分良さそうに話した。そのあとはお返しに、英里子も自己紹介をした。生年を聞いて、河野が三つ年上ということもわかった。

そのころになってやっと鶏が運ばれてきた。英里子が食べ慣れたかめやま鶏より少々小ぶりなこと以外は、あまり違わなかった。スパイスが若干優しい気はしたけれど、これはこれで美味しいと思った。鶏ストリートのお墨付きに入れる基準は超えている。英里子は満足する。

「最近、河野さん、あまりお見えになりませんけど、商店街で新しい構想が生まれたんです。だから私はここにいます」

市の課長代理に隠すことではあるまい。いつかは協力してもらわなくてはならない。話そうと英里子は決めた。

「鶏ストリート構想です」

英里子は胸を張って言った。

「はい？」

思った通りの反応だった。


英里子は鶏ストリート構想を河野に語って聞かせた。河野は鶏にかぶりつく手を休めて、じっと話を聞いていた。官僚的で堅物なのではなく、元来真面目な人なのだろうと英里子は思った。自分にできる最高のプレゼンを河野の前でした。聞き終わって、河野は言った。

「なるほどね。わたし、いま密《ひそ》かに見込みのありそうな若い子たちに声かけてるの。で、プロジェクトチーム作ろうと思ってるの。縦割りじゃない縦断のプロジェクトね」

河野は友達言葉であるばかりか、いまや完全に関東の言葉になっている。英里子とは逆に、首都圏で十八まで育った後四国にやってきた。英里子と同じように、人生の半分ずつを、二つの場所で過ごしてきたのだ。

「男、っていうか、おじさんの発想じゃぜんぜん駄目だってみんなわかってるのに、結局、決めるのはオヤジでしょ。前例のないことはするな、ってタイプね。そういうのに限って、若い人たちの発想を取り入れろ、なんて言うわけよ。でも、たとえば、振興部の若手集めて考えさせたってさ、たいしたアイデア出るわけない。つぶされて終わり。市役所っていってもね、ピンからキリ。ちゃんと、この街の未来を考えてる子もいるわけ。その子たちにいろいろアイデア出させてる。そのなかにね、そういうの、あったよ。鶏ストリート」

「え、ほんとに？」

英里子はこれまで苦手に思ってきた河野紋子の顔を、初めて正面から見た。絶対隙を見せない女だと思っていたのに、今日は英里子の前で自由気ままに喋っている。

河野によると、もともと亀山市は、昔から養鶏業が盛んではあったらしい。いまの骨付鶏のスタイルはかめやま鶏が始めたというのは間違いないようだが、確かにそれ以外の多くの店でも同じスタイルのメニューを扱っている。若手のプロジェクトでも食べ歩きをしたらしい。

「うん、ぼんやりと思ってはいたのよ、これは街おこしの起爆剤になると」

河野の口から、街おこしの起爆剤という言葉が漏れるとは意外だった。英里子はこの課長代理を誤解しているのかもしれない。

「それ、いけそうね。行政として何ができるか、もう少し考えてみるよ。ミヤショーは大いに利用していいとは思う、けど、嫌われないようにね」

「やり過ぎるな、ってこと？」

「ええ、でも、ミヤショーのかめやま鶏への愛は本物だと思った。こっちも愛を見せつけてやりましょうよ」

「それなのよね……」

話が盛り上がってきたかと思ったら、河野の顔色が曇る。

「どういうこと？」

「亀山の人ってさ、力を合わせてなんとかしよう、頑張ろう、っていう気がないのよ、あんまり。城下町だからかな」

「はあ？　城下町？」

「城下町ってなんだかんだ裕福だから。プライドも高いし。そこそこいい暮らしをしてるから、あえて無理して新しい境地を開こう、って気にならないみたいよ。私も振興課に来てすぐの頃、飲食店のおかみさんたちと後継者問題の勉強会を持ってたことあるんだけどね。次の代をどうするか、って提案を募っても、それは息子が考えること、なんて言って、ちっとも前向きじゃないの、それが上品だと思ってんのか知らないけど」

河野はよく喋った。ビールのせいだけでなく、こういう話題はきっと好きなのだ。これまで話し相手がいなかっただけなのかも。英里子を相手に一人語り続け、結局こう結論づけた。

「城下町特有の閉鎖性よね」

英里子は最初のころ勝田が言っていたことを思い出し、会合で誰かが言っていたことを思い出し、ようやく河野の言いたいことがわかってきたような気がした。

「あ、わかった。足りないのは自助努力、ってことでしょ？　河野さん、自助だ公助だって言うのが口癖だって、みんな言ってたけど、ようやくわかりました」

「え、なになに？　私がなんだって？　自助公助？」

「ふふふ、そうそう。あたし、わかりましたよ、まずは商店街の人のお尻に火がつかなきゃ、行政もお金は出さねえぞってことだよね。でもね、この鶏ストリート構想はいけるよ。その若手プロジェクトも目を付けていたんならあたしたちも自信持てるわ。〝若者の感性〟にも訴えるでしょうよ。やりましょうよ。公助、おねがいしま〜す」

ついこのあいだまで、いけ好かない女、と思っていたのに。もちろん、友人になれるかは別だが、河野の言っていることは英里子の頭にするすると入ってきた。それは、英里子が商店街の会合でもうっすらと感じる苛立《いらだ》たしさやまどろこしさにも似たものだった。そして河野にあるのは、ただ地方公務員の仕事をつつがなく、粗相なくやっていきたい、という願望ではなく、本当にこの商店街を復興させたいという思いであるらしいことが伝わってきたのだ。それが亀山市への愛から来ているのかどうかはわからない。ただ、仕事としての面白さ、なのかもしれない。でもそれでいいじゃないかと思う。だいたい上尾の人なんだし。夫ですら亀山とは関わりがない。

「はいはい、自助公助ババアで結構結構。早くこっち来てよーって感じよ。それとね、もう一つくらい欲しいの」

揶揄《やゆ》されていることを怒るでもなく、河野は、もっと先に進もうとしていた。

「もうひとつって」

「うん。たとえば、歴史ロード、みたいな」

「歴史ロード……」

河野のアイデアはこうであった。

亀山市は、市民が思っている以上に歴史的に豊かな街である。重要文化財に指定されている、日本に十二しかない現存する城の天守閣を有し、市内のいたるところに歴史的建造物や文化財がある。そういったもののまるでない街で育った自分には、宝の持ち腐れに映る。城下町の閉鎖性ゆえに、そうだったのかもしれないのだが、歴史講演会でもいい、町歩きでもいい、もっとそのルートを整備して、県内外の観光客を呼び込むべきである。歴女も多いと言われているから、いまターゲットは女性かもしれない。そしたら、その受け皿の飲食店も必要になる。

「結局、すべて連動しているのよ」

埼玉県出身で、亀山市とは縁もゆかりもなかった河野紋子が、亀山市の将来を考えてくれている。そのことに英里子は少なからず感銘を受けていた。そして英里子は、自分もぼんやりと考えてきたことが、河野の考えと近いもののように感じた。一つが動き出せば別の何かも動き出す。動き出しても連動しなければ、止まってしまう。ばらばらに動いても仕方がない。とにかく動くこと。でも、考えて動くこと。

さらにあのような会合で、彼女がどうして官僚的な態度を取ってしまうのかも（田嶋にだってその印象を与えていた）、英里子にはわかる気がした。英里子が最初に弾かれたときと同じ作用が働いているのだ。少しにおいの違う物を人は排除しようとする。河野紋子も藤木英里子も、その範疇《はんちゅう》にある。河野紋子への不思議な連帯感を、英里子は勝手ながら持った。

「あなたに頼みたいことがあったのよ、そういえば」

河野はカウンターの中の大将にビールのジョッキを掲げるように見せてもう一杯注文すると、英里子の方に向き直った。英里子は緊張する。

「佐橋道風先生と、仲いいですよね」

依頼するときには敬語なんだ、と英里子はちょっとおかしい。

「はい」

英里子も丁寧に答える。

「あの先生、実は、ああみえて美術史家でもありまして、専門は江戸後期の風俗史なんですよ」

「へ？」

英里子の頭の中で、あらゆる状況の道風の表情が思い浮かんだが、そこに、美術史家はいなかった。間違いではないかと、もう一度、河野をじっと見る。

「ええ、誰でもそう思うよね。でもそうなの。で、講演してもらいたいの、ぜひ、亀山の史跡とからめて。でもどうも嫌われてるんだわわたし。藤木さん、とても仲がいいって勝田さんが」

「ついさっきまでの河野さんだったら、確かにそうかも」

「ん？」

「ごめんなさい。つまり、外面がクールすぎるんですよ。先生、熱いハートが好きだから。本物の河野さんを知ってもらえれば、先生なんてイチコロですよ。紹介でもなんでもしますよ。あたしから出演依頼だってしてしまいますよ」

道風のことになると、英里子は口が軽くなってしまう。

「ありがとう。ぜひ、紹介してください。ああ、良かった～」

河野は一気に顔をほころばせた。英里子には、道風の謎がまたひとつ増えてしまうことになったのだが。

結局、英里子も一杯の決意、はすぐに倒壊して、ビールから焼酎に移って飲み続けた。鶏ストリートに歴史ルート。商店街をつなぐ道が二つもできた。もっと連動する物を増やしていって、「公助」へとつなぐことに自分は力を出し切ればいいのだ。だんだん、目標が定まってきた。

2

最近、英里子はほとんど毎日のように銀馬車に行っている。その日の夜も家に帰る前に立ち寄った。河野紋子を誘おうかとも思ったが、大学の准教授である夫と待ち合わせて、ウォーターフロントでデートする（それを割とどうでも良さそうに河野は話したが）ことになっていると言うので、さすがに遠慮した。しかし夫とはいえデートの前に、半端なくニンニクの入ったぎとぎとの脂でローストされた鶏を食べる妻も妻で、そんな彼女への好感度は英里子の中で逆に増した。銀馬車では大急ぎで出て行くママとちょうど入れ違いになり、

「駅に人を迎えに行かんといかんけん、ちょっと安岡さんと留守番しとって。お酒勝手に飲んでええけん」

と言われ、英里子が店に入ったとたん、カウンターの隅にいた安岡にすかさず、鶏食べました？　と聞かれた。

「わかります？　でも、かめやま鶏じゃないんですよ、別の店」

「へえ、試食ツアー、始まったんな」

安岡は亀山商店街連合に積極的に参加しているわけではないが、情報は共有しているのだ。英里子がいかにここに来て喋りまくっているかということだ。そしてその日も、意識的に喋りまくるべきだ、と英里子は思った。河野のようなよその土地から来た人間に閉鎖的と思われている土地柄ならば、もっとオープンにしていかねばならないのだ。英里子はこれまでの人生の中で、そういう役割を担ったことはあまりなかったけれど、いまからでもそんな人になろうと思っているのである。

「はい。それより、安岡さん、どうしたんですか。知らない人かと思った」

英里子は店に入った途端の驚きを、そのときようやく口にした。安岡は、これまで常に着用していた「安岡電器商会」の灰色のつなぎを、その日は着ていなかったのである。それればかりか英里子をさらに驚かせたのは、彼のその日のファッションである。

上は何ということもない白いシャツだが、ボタンの色がひとつひとつ違っていて可愛いし、丈が少し短めで、間違っても生成りのチノパンの中に入れたりはしていない。そして何よりいつもの安岡からの飛躍を感じさせるのが、頭にちょこんと乗っている帽子なのだ。パナマ帽と言うのだろうか。渋谷辺りの若い男の子がかぶっているような安物感もなく、やたらかっちりしたおじさんっぽさもなく、サイドに巻いてある布の色合いとか、つばのサイズとかが絶妙だった。そして今日の服にもよく似合っている。

「ていうか、安岡さん、今日、めっちゃお洒落」

目がなくなってしまう笑みはいつもと同じだったが、はにかんでいる様子が微笑ましかった。もしかして、安岡についに彼女ができたのだろうかと思った。でも、今日の着こなしは、お仕着せの感じがしない。〝着慣れている〟という風情なのだ。

「安岡さんってセンスいいんですね。いや、ごめんなさい。いままでずっとつなぎだったからわかんなかった」

いやあ彼女が、と言うかもしれないと思ったが、安岡は言わなかった。そうですか、ありがと、と恥ずかしそうにうつむいた。英里子はその姿に、思わず恋をしてしまいそうな気さえした。

「そんな服、どこで買うんですか？」

ぶしつけな質問までし、また回答に驚くことになる。

「年に二、三回、仕事がてら大阪行くんで爆買いしてくるん」

「へえー」

ママはまだ帰ってこなかった。英里子はカウンターの中に入り、ボトルキープしてある焼酎で自分の酒をつくった。この店のママの気分になって、安岡の話を聞いてみたくなっていた。そのままカウンター内のスツール椅子に腰掛けて、ママよろしく常連客の安岡に視線を投げた。

「安岡ちゃん、ほな、話してみて。あんたのお洒落についての一考察、聞かせてもらうわ」

「ほんまですか、わかりましたわ……」

そう言って安岡は楽しそうに自分のことを話し始めたのである。

「亀山商店街はな、僕が中学高校のころがいちばんよかったんや。賑わいもあったけどな、商店街のなかに、そやな、十軒くらいかな、かっこええ店があったんやわ。うちの兄貴が三つ上なんやけど、ようあとからついて行ってな」

「かっこええ、って服の店?」

「ううん、服ばっかりとちゃう。喫茶店とかな、レコード屋とかな、帽子屋とかな。ちょっとかっこええ大人がおってその人らがやっとった。だいたいみんな二代目のボンボン。今で言うたら、ちょいワル、ゆんかもしれん。けどな、僕にとってはキラキラしとる存在でなあ。煙草吸う姿もかっこええし、あー、僕、あのころ初めて、インスタントとちゃう豆から挽くコーヒー飲んだんや」

安岡は夢見る瞳になっている。英里子はまさか安岡の口からそんな話を聞けるとは思わず、心底びっくりし、カウンターの中から彼をまぶしいような思いで見つめた。安岡は一回りくらい上だから、英里子がまだハイハイしていたような時代、商店街は、安岡少年を輝かせる場所だったのだ。

「その二代目さんたちはいまは？」

英里子は尋ねた。その人たちにも復興に加わってもらえばいい。

安岡の夢見る瞳はすっと冷めて、むしろ悲しげな光を帯びる。

「もう一軒も残っとらん。三代目が継がんでサラリーマンになってしもたり、郊外に移った店もあるな。またあんな時代が戻ってきて欲しいんじゃわ」

そんなお洒落な店がここにあったとは、英里子には想像もできなかったが、そんな店を、兄のあとからチョロチョロ付いて回る安岡少年のことを想像するとおかしかった。今の安岡からはイメージできない。いや、いま現在の彼なら想像できるか。そのファッションセンスは、そのころ身に付いたものなのだろうか。

「でも安岡さん、そういう遊び人たちと一緒におって、一緒にチャラチャラしとったん？　高専の真面目な生徒やったんとちゃうん？」

「前言わんかったっけ。ぼく、絵描きたかったんや。そや、画廊もあってな、よう一人で行っきょった。見るだけならタダやけんな。高専出てから、どうしても絵の勉強したいゆうて、美術大学受けようと思とったん。でもやっぱり父ちゃんに反対されて、家出した、一年だけ」

今日は驚かされてばっかりだ。安岡が家出？

「兄貴が大阪の大学行っとって。そこに転がり込んどった。大阪でバイトしながらいろいろ店探してな、あんころも楽しかったの」

そうだったのか、さらにその大阪の一年で、安岡のセンスは磨かれたのか。

「じゃあどうして、いつもはつなぎなんですか。今日みたいな格好で接客したら、好感度上がりますよ」

「工事もあるしな、汚れるがな」

「いやそれにしても、ドブネズミ色のつなぎは」

「ははは、ドブネズミ、か」

「いやいや、ごめんなさい。だからせめてここに来るときは着替えてくればいいのに」

「なんか、恥ずかしゅうて」

「そんな。今日の格好で来てたら、お嫁さんもすぐ見つかりますよ」

英里子はそんなことまで言ってしまった。安岡はちょっと気分を害したように見えた。

「ごめんなさい、ごめんなさい。でも今日の安岡さん、素敵ですもん。なんかさー、商店街におる人から変えていかんと。あ、かっこええ商店街やなあ、って思ってもらわんと。あたしも人のことは言えんけど。もっとお洒落せんといかんわ」

そう言って英里子は自分のTシャツとジーパンを見る。どっちも東京で買ったユニクロ。こんなんじゃいかん、と強く思う。

「ええ店ないけん。あのな、英里子さん」

安岡は突然、真剣な表情になって英里子を見た。英里子さんと呼ばれたのは初めてだ。

「僕、あの頃みたいな街にしたいんや。この辺の若者やってな、みんながみんな、安いだけの服、着たいわけちゃう思うんや。少々高うても、個性的で、他の奴は誰も持ってないような服を、着たい思とる。探しとる。服の好きな奴は大阪行く、東京にも行く。そういう子らが、あー亀山行ったら、ええ店あるで、ゆう気持ちになってもらえるよな。いまはネットがあるやん。ネットで宣伝はするけど、ネットでは買えん店なんや。ここまで来て、初めて試着して、買うて帰る。そういう店のある街にしたいんじゃ」

安岡の考えは、するすると英里子の頭に入って来た。骨付鶏だってそうだ。ここにしかない味。ここに来ないと食べられない味。それを求めて、味には一家言ある連中が集まってくる。いやちょっと違うか。食べ物は絶対ここに来ないと食べられないし。いや、安岡は同じだと言っている。ここに来なければ会えない服。かっこいい店主がいて、アドバイスもしてくれる。ネットじゃできない。そんな店が軒を連ねている、ファッションストリート。そんな言葉が浮かんだ。

「ファッションストリート、作りますか」

英里子は眼鏡の向こうの安岡の目に訴えるように言った。そういえば、眼鏡だっていつもと違う。フレームはきれいな薄紫色だ。

「今日ね、鶏ストリートのほかに、歴史ロードって構想も生まれたんよ。これで三つできたよ。亀山を活性化する道三本」

　今日の河野との会話を思い出し、〝連携〟という言葉も浮かんだ。何かに憑《つ》かれたように英里子は語っていた。安岡の目の奥が輝いたように見えた。

「うん。……でもストリート、ゆうよりはな、わざわざ探して行くんや、服屋は。商店街のどっかにあるパンツ専門店、帽子屋、オリジナルTシャツの店、とかな」

「なるほどね。そっか、うんうん。アクセサリーとかも？」

「そう、知る人ぞ知る、みたいな。大衆の店とちゃうんや。値段はむしろ高い」

「うんうんうん。ストリートゆうより、ファッションゾーン、か」

「うん、ほやけど、そこ来たら好きな奴にはたまらん、そういう店じゃ」

「うん、えーなえーな。なあ、安岡さん、その二代目さんたちの店、いまどうなっとるか、見せてくれん？」

「うん、ええよ。あしたにでも見に行く？」

「うん、行く行く」

　安岡と一緒に、すっかり気持ちが高ぶってしまった。手を取って踊りだしたいような気分だった。

「ほんだけど、安岡さん。今日はなんでそんな格好で来たん？　なんでいつものドブネズミ、脱ぎ捨てたん？」

英里子はあえて、ドブネズミ、と繰り返した。挑発したかったのかもしれない。

安岡はもう怒ってはいなかった。いつもの笑顔になった。

「たぶん……。時が来たんやと思う。そんな気がしたんやと思う。桃園の誓いからもうだいぶ経ったやろ」

そうだった。英里子はあの日のことを思い出した。商店街を走り抜けた一年前の夏の日の思いは、伊達《だて》や酔狂ではなかったはずだった。

「はい、そうですね。時は来たね。一緒に走りましょう」

ママはいつになっても帰ってこなかった。客も一人も来なかった。英里子は安岡と、いつまでも商店街復興の戦略を練り続けた。


安岡と妄想に近い話を繰り広げていたころ、亀山市では、商店街の将来を左右する決定がなされようとしていた。勝田の熱心な働きかけが実を結び、観光課が亀山市の歴史や観光地、文化を広く日本全国に発信する「さぬき亀山市文化・スポーツ・観光大使」を新設することになったのである。そしてその初代観光大使の一人に、カメヤマーレ瀬戸内の監督、ミヤショーこと宮里翔司氏を認定したのであった。「スポーツ」はミヤシヨーのためにあとで付け加えたそうだ。藤木家では知名度の低かったミヤショーだが、亀山市民のみならず、日本国民に圧倒的に知名度が高く、観光大使には相応しい人物だった。かめやま鶏に喰《く》らいつくワイドショーのワンシーンも、あんなスーパースターなのにおらが街のご当地グルメを激賞してくれたという、ミヤショーの飾らぬ魅力を存分に伝えたし、市民にとっても彼の就任は嬉しいことだったに違いない。大使は十人が任命され、あとの九人の知名度は格段に落ち、これもまた英里子の知らない人物ばかりだったが、任命式に市役所を訪れた彼らは、大使に選ばれたことより、ミヤショーと一緒に写真が撮れるのをものすご喜んどったで、と勝田が報告してくれた。

勝田の考えた推薦文は、こうである。

「かつてJリーガーとして、また日本代表の司令塔として活躍した宮里翔司氏は、ミヤショーの愛称で親しまれ、そのアグレッシブな行動力とさわやかなルックスとで日本全国の人々に愛されてきました。今年度より亀山市をホームとするカメヤマーレ瀬戸内の監督として来亀、七月末現在で、チームは九位という創部以来最高位の目覚ましい活躍を遂げるとともに、観客動員も記録を更新しています。いま、宮里氏に、文化・スポーツ・観光大使の一員となっていただくことは、亀山市を日本全国に広める司令塔となっていただくことであり、亀山市のさらなる発展に寄与していただけることでしょう」

と、やたら「いただく」の多い推薦文で、あとの九人に比べて三倍の長さがあったら

しい。「銀馬車」のママはそれを聞いて、

「そんなごちゃごちゃ理由言わんでも、〝ミヤショーやけん〟でしまいやがな」と一刀両断だったが、それくらいミヤショーのブランド価値は絶大なものだったのだ。任命式は滞りなく終わり、市の広報をはじめ、地元新聞、タウン誌などに一通り、市長とミヤショーを囲んだ記念写真が掲載されたと思ったら、英里子の待ちに待った朗報がもたらされた。

軍師、田嶋の登場である。

「頭下げて来たよ」

ここ数週間、亀山城のラジオ体操には姿を見せなかった田嶋が、いつものように一緒に坂道を降りているときに言った。

「え？　それってもしかして奥さん？」

「そのもしかして。女房じゃなくて、女房の父親のとこ、行って来た」

「えらい、田嶋さん。で、で？」

英里子は坂道を降りて行く田嶋を、ぴょんぴょん飛びながら追いかける。

「でも俺だって、ただ頭下げるだけのために、横浜まで行きやしませんよ。ちゃんとビジネスです」

「お、ビジネス！」

そのときまで知らなかったが、田嶋はサッカーにはかなり詳しいのだった。だいたい十歳までいたのがロンドンだし、日本に戻って来て入った私立のお坊ちゃん校では中・高とサッカー部だったらしく、元岳父である横浜の会長とはサッカー談義でよく盛り上がっていたそうだ。妻と別れた理由が理由なので、怒鳴りつけられるか追い返されるか一か八かだったが、元妻を介さず、直接、会いに行った。企画書を持って。

「何の？」

「J2に上がったカメヤマーレの快進撃、監督は元ファンタジスタのミヤショー、来年のオフシーズンにJリーグ祭りをここ、亀山でやりませんか。選手、派遣してください、という企画書。ミヤショーと現役Jリーガーとの対談、シンポジウム、ミニゲーム、あとビッグネームのOBも連れて来て、とか。カメヤマーレの広報とも随分やり取りした。四国はまだまだ野球が強い。カメヤマーレの快進撃はサッカーが食い込むにはチャンスだと、Jリーグを動かしてもらった」

「すごーい。田嶋さん、すごーい」

英里子はもう坂を転げ落ちそうな気分だった。さすが田嶋のやることはスケールが大きい。でも、ふと思う。

「すごいけど、お金は誰が出すの」

「はい、いいところに気がついたね。そのイベントだけじゃ、商店街の復興にはつながらないだろ。だから、商店街と抱き合わせでやる。まず、資金は、寄付。つまり協賛金。うちの銀行だけじゃなくて、県内の地銀、信金にも声をかけて、協賛金を出してもらえないか、探っています。あと商店街向けの少額融資も、このイベントを機にしてはどうかと。商店街が活気づく最後のチャンスかもしれないと。あなたが言ってた鶏ストリートや歴史ロードには、他県からの客も来る。このお祭りのときだけじゃなくて、コンスタントに人が来なければ、結局、商店街の復興はできない。その受け皿を商店街がこれからも担うには、まずは資金集めなんだな」

気づいたら英里子は田嶋と坂を下りきって、大手門のすぐ近くまで来ており、田嶋の口調は完全に銀行員のものになっていた。野菜の旬や美味いパンの話をするときとは違う顔だ。英里子もなんとか頭を働かせる。

「田嶋さん、銀行員として、ビジネスチャンスがあると踏んでくれたんですか、亀山商店街に」

「ビジネスチャンス、とまではいかないと思う、正直言って。でも、あなたの熱意にほだされた、というレベルじゃないことは言っておくよ。地域活性化は、銀行にとっても重要なキーワードだからね。俺なりに調査はしてたんだ。いや実は、あなたには言ったかどうか忘れたけど、俺、ただの窓口係長だからさ」

「はあ」

窓口係長。聞いた気がする。彼はいま干されているのだった。

「だから、融資とかできないわけ、実は」

「……はあ」

「それでもなんとかできないかと随分考えたんだ。市の地域振興予算を担保に融資ができないかとも考えたけど、返済のあてもないし。融資ができないなら、未来への投資だと思えばいい。協賛金という形がある。地域が疲弊しているときに、ただ手をこまねいていていいのか。特に、東京から来た銀行が、何もしないでいいのか。支店長にも直談判してる」

英里子には銀行の仕組みはさっぱりわからない。いったい田嶋がどんな暗躍をしているのか想像もつかないが、そもそも亀山に何のゆかりもなかったはずの彼が、いま、この街のために立ち上がろうとしてくれているのは確かなのだった。

それなら私も、と英里子は思わないわけにいかない。自分にとっては過ぎる物に手をかけようとしているのだと思う。それはうんと背伸びしなければ届かない。レベルは全然違うけれど、田嶋以上に汗を流さなければ届かない。けれどいまがそうする時なのだと英里子は感じる。それは、十七年間、MT化学にいたときには、唯一、社内派遣の二年間を除いて、自分の前を通り過ぎたことのない仕事《ビジネス》というものへの、強い衝動に思えた。

もともと、商品に興味があってMT化学という会社を選んだわけではない。面接では御社の製品は生まれたときから自分の周りにありました、なんて心にもないことを言って入社できたが、内定をもらう前、ある玩具メーカーの面接も受けていた。バイト先で偶然その会社を知って、説明会だけと思って行ったら社長自ら面接してくれて、晩ご飯までおごってくれて、すっかり気に入られてしまったのだ。浅草にある小さな会社で、小さいながらも社員の創造性と自由な雰囲気を何より大切にし、何年かに一度はヒット商品も生み出しているようだった。「君みたいな人にぜひ来てもらいたいんだ。君って、自分が思っているよりずっと頭の柔らかい人だよ。それに目がギラギラしてるもん」とおだてられて、一旦はその気になったのだ。けれど結局、事務員の採用しかなかったが大企業ではあるＭＴ化学から内定が出て、悩んだあげく、社長にハガキ一枚出すだけでその中小企業を蹴った。どちらの選択が良かったかは考えないようにしてきたけれど、十七年も前の出来事が、いまごろ英里子の胸をよぎっていた。思えばあのとき、確か大学は出ていないが叩き上げらしい、豪放磊落《ごうほうらいらく》という形容がぴったりの社長に、英里子はずいぶん自信を与えられたのだった。あの人は、二十歳そこそこの自意識過剰で生意気ばっかり言う自分を、買おうとしてくれていたのだ。英里子はあのときの気分をはっきりと思い出した。

　目の前にいる田嶋は、全くの素人の英里子に、ビジネスパートナーとして接してくれようとしているのだろうか。

「とにかくやれるだけのことはやろう。どんな少額でもいい。地域活性でとにかく押せば、出してくれる所はある。動いてみるよ」

「はい、ありがとうございます」

「お礼を言われることじゃない。久々に〝仕事〟をやる気になった。腕が鳴るよ」

田嶋はこれから少し忙しくなるから、ラジオ体操は来られないかもしれない、でもできる限り続けるから、と力強く言った。そして早速、商店街の会合に加わらせてほしい、実行委員会を立ち上げないと、とも。

ついに、軍師、孔明が動き始めた。劉備玄徳もうかうかしてはいられない。けれど同時に英里子は、ワーカホリックな銀行員を降りて、ここ亀山で安住の地を見つけていた田嶋を、また元のところに押し戻すことになるのではという複雑な思いを抱いてもいた。


メガバンクの銀行員である田嶋が本腰を入れることがわかると、商店街連合の顔つきも変わってきた。今回のイベントのためだけではない、商店街の未来のための協賛金集めを、実行委員会を作って始めることになった。やっぱりお金は重要なのだ。古今東西、ありとあらゆる惹句《じゃっく》のほとんどは、金に関することではないか。明らかになったことは、これまでは実現性をはかることはせずに、夢にばかり浸っていたということだ。

商店街連合で英里子は、ストリート構想のチーフ的役割を担っていた。発言権は以前に比べて随分増している。去年、ゴン太ラーメンに〝手厚い〟もてなしを受けたことを思えば、格段の進歩だ。英里子は、三つの構想を述べる。鶏ストリート、歴史ロード、そして、にわかに構築されつつあるファッションゾーン。

「みんなイオンやユニクロで満足しているわけじゃない」

という部分に、自転車屋のおばさんと来ていた二十三歳の娘が飛びついた。

「そうそう。私もそう思とった。通販やネットで買うたりするけど、やっぱり満足できんわ。ちゃんと試着したいし、あと、カリスマ店員とまではいかんでも、お洒落な店員さんにはアドバイスしてもらいたいんやわ」

英里子は、彼女の感想に、今日一緒に参加した安岡とアイコンタクトして、心の中でガッツポーズをする。安岡もしていると思う。英里子は続ける。

「もうずっと前ですが、そんな店、あったらしいんです。こないだ、安岡さんと見てきました。京極町のアカシアさんとか、桶屋町の路地の佐助さんとか、シャッター降りてますが、まだ店舗そのものはあります。もう完全になくなってしもうたんはＶＡＮのお店と、ジーパンの専門店、ＤＥＥＮさんです」

「そんなん、あったんかの」

と老人の声があがった。しめしめと英里子は思う。商店街の中で、オヤジたちは知らなかった若者文化が、密かに花開いていたことの証拠だ。

「え、安岡やったんか、あんた」

安岡の何人か隣にいたゴン太ラーメンが、つなぎを着ていない安岡に初めて気づいて大きな声を上げた。英里子の勧めにしたがって、安岡は今日からつなぎを脱ぐ決意をしたのだ。

「え？　ほんま、安岡電器さん？　いやあ、見違えたわ。どしたん？」

お茶屋さんの奥さんも今気づいた。英里子はほくそ笑む。安岡は、飴色の縁のロイド眼鏡をかけて、大阪のミナミで昨年買ったという、パッチワークのダンガリーシャツに白いパンツ姿だった。なかなかイケている。みんなからそう言われて恥ずかしがる姿は今までと一緒だが。

「安岡さんによると、四十年くらい前は、かっこええ店がこの商店街にもぽつぽつとあったらしいんです。お兄さんはファッションリーダーだったらしいですよ。商店街にまたあの熱気を取り戻したいと」

「うん、ええなええな。安岡さんかっこえー。私、賛成。ファッションゾーン構想に一票」

自転車屋の娘が立ち上がって賛同を示した。その向こうで、さっき会合に加わったばかりの河野紋子が、何度も頷いているのが英里子の視界に入った。

「あのー。ちょうどいま産業振興課の河野さんもいらっしゃったんで、歴史ロードの構想、話してもらいましょうか」

英里子はすかさずその間をとらえて言った。まだ河野が入って来たことを知らない人たちが、英里子の視線の先に目を向ける。河野にあとで無茶ぶりだと怒られるかもしれないなと思いながら、ここはいい機会だと思って踏み込んだ。河野に対して、おそらく大勢が持っているイメージを変えるチャンスでもある。

「河野さん、お願いします。ほら、例の。歴史ロードの話」

英里子は河野に笑みを投げかけた。お願い、冷たくしないで。この間の骨付鶏の店でのような本音を見せて。あの楽しかった会話を再現して。英里子は願った。

「いえまだ検討の段階ですから」

即答だった。

ああ、やっぱりそうなのか。河野紋子はやっぱり官僚体質なのか。でも、話してほしい。市だって、アイデアをちゃんと持っていることを。予算の配分も考えていることを。ここでどうか打ち明けてほしい。

それっきり河野は黙っている。

英里子はここで終わりにしたくはなかった。亀山市がやっぱり商店街の復興にさしたる興味もなくて、職員はただ仕事をこなしているだけだと商店街の人たちが思っているのだとしたら、ここでその誤解を解いてほしかった。あんなに熱く語ったのだから。あんなに亀山市を好きだと言ったのだから。

でも河野は口を開こうとしなかった。口をつぐみ、英里子と目も合わせなかった。去年の英里子ならそこで怯んだままだったろう。でも、少しは成長したのだ。しゃあない、と思った。自分が言うしかない。

「わかりました、河野さん。いまの状況では難しいですよね。じゃあ、あたしが代弁します。〝歴史ロード〟のコンセプトです。亀山市は、住んでいる私たち自身が気づいてないんやけど、ほんま、すごい文化財の宝庫なんです。まず、言わずと知れたお城ですね。天守閣は全国で十二しかない創建のときのままの姿を残す国の重文ですね。ああ、みなさんご存知でしょうが」

あれから英里子も少しは勉強したのである。

「歴史ファンにはなじみの城です。大手門も土塀も立派なもんです。港にある太平灯籠、あれも重文ですよ。この商店街の中のお寺さんにも重文があるんですよ。仏教好きにはたまらない仏像や絵もあります。そら、弘法大師さんがおられたとこですから。古い住宅もいっぱいありますよ。そうそう古墳も。こういうものが点在しとんです、それを線で結ぶんです」

知っていること、知らないこともでたらめに、英里子は喋り続けた。

「何で？　レンタサイクルとか言うんちゃうやろな。そういうんでは回れんで」

またいちゃもん付けるのが好きなゴン太ラーメンの声があがる。英里子は自分で言いながらそう思っていた。いくら文化財が点在していたって、車じゃないと移動もできない。お城に登って、疲れ果ててそれで終わりだ。ゴン太ラーメンの言う通り。でも英里子はその先は考えていない。

「少し訂正していいですか」

女の声がした。そして声の主は立ち上がった。河野だった。英里子は目を見開いた。

「レンタサイクルは、現在は観光客にはあまり活用されていません。ほとんどが、車が使えない方の病院通いや買い物用ですね。乗り捨てできるように市内に何か所か乗降場を作る必要があります。私はむしろコミュニティーバスの利用がいいと思っています。うまい具合に史跡を繋ぐルートが可能かと。それから、重文の多くは島にあります。レンタサイクルはむしろ島でしょう」

なあんだ、ちゃんと考えてくれてるんじゃん。英里子はほくほくした。あまりにテキパキしていて、官僚的に聞こえなくはなかったけれど、明らかにその発言は、役所にありがちな後ろ向きなものではなく、前を向いていた。

「コミュニティーバス、そういう動かし方できるんな?」

森永会長の声が上がる。それができたら世話ないがな、とでも言いたげだ。

「もちろん力がいります。運行計画は五年に一回、運行協議会を実施してルートを見直します。協議会には行政から老人会から自治会から、ＪＲやバス会社も加わります。いま、乗車率はものすご低いんです。あれを観光に利用せん手はないと、前からおもてました」

河野はところどころ方言を混ぜながら、会長だけでなく、参加者みんなに目を配りながら言った。彼女の意見に、英里子もなるほど、と思う。この間は言ってなかった。あれから考えたのだ。

「そうじゃの。あのバス、人が乗っとん見たことないが。あれに観光客乗せるんかい」

ゴン太ラーメンが不審そうな声で尋ねる。河野は理路整然と答える。

「いまは市と県と国から補助金をもらって赤字補塡《ほてん》してます。赤字を解消できるのなら、路線変更は可能なような気もするんです。観光客に乗ってもらうのに一番簡単なのは、いまある路線をそのまま使うことですが、名所旧跡とはもちろん連動しとらんです」

「それを連動させられますか」

英里子は口を挟んだ。むろん、話をいい方向に進ませるためだ。そして、河野は、可能性のないことを口にする人間ではないと見込んでもいた。河野が英里子の方を向く。

「コミュニティーバスができて十年で、路線は一度も変更していませんが、来年は見直し年です。今から根回しできれば、変更は可能だと思います」

そう言って目でしっかりと頷いた彼女を見て、英里子は再び立ち上がった。河野にはある程度のいい感触があるのだと思った。英里子は全員に向かって言った。

「どうでしょう、みなさん。河野さんにぜひ根回ししてもらって、なんとか観光スポット巡りにコミュニティーバスを使えるようにする。そうなれば、史跡にもっと人を呼び込める。これってよその観光客だけやないですよ、亀山市内の人にも利用してもろたらどうでしょう」

「そやな、小学生の課外学習とかな」

名前を知らない参加者が声を上げる。英里子は首を何度も縦に振って賛同を促す。

「そうですね。さっき河野さんから、島にもいっぱい史跡があると。島のコミュニティーバスもそれとあわせたらどうですか。市内の時刻表と島へのフェリーの時刻とをうまくあわせれば、歴史ロードが海にも広がります」

「島のバスも一人も乗ってないことがようあるで」

「島民がタクシー代わりに使《つこ》とる。どこでも乗り降りできるんやで。あの方式を取り入れたら？　こっちも」

「元島は百メートルおきに停留所があるゆうて聞いたで」

これまで一度も口をきいたことのない人まで、さまざまな意見を出し始めた。会場の喫茶店内は活気を帯びてきた。

「そうですね。島とつなげるんはええですね。問題は帰りのフェリーですね。ここがうまくつながると、名所旧跡はあり、風光明媚《ふうこうめいび》もあり、亀山の魅力を発信できるかもしれない」

　河野が言うと俄然、実現性が高まるような気がする。昨年の夏、道風と出会った沖島のことを思い出して英里子も、

「沖島しか知りませんけど、空き家もずいぶんあるらしいですね。夏の間だけでも貸し出すようなことができんですかね。市役所の方の家を使っておられる芸術家もいらっしゃいます、いま現に。空き家対策も全国的な問題でしょ。ひとつモデルケースを作って、予算を投入するとか」

　と言ってみた。すると森永会長が、

「ああ、道風さんとこな。あれ、うちの親戚の家じゃ」

　というのでびっくりした。

「え、そうなんですか？」

「あんな家によう住むなあ思っとったけど、もっと手入れたら、夏の間の別荘くらいにはなるかもしれん」

　地方のいいところは、知り合いがあっという間につながっていくことだ。友達の友達はみんな友達だ。都会だとこうはいくまい。飲み屋のカウンターで隣同士になった客が、友達の友達だった、というような話はざらにはない。

そういえば、沖島へ連れて行ってくれた山口夫妻もこの計画に引っ張り込もう、と英里子は思った。あのとき山口妻とは相当盛り上がったではないか。そもそも、彼らの頭にそういうアイデアがあったのかもしれない。

「いろいろリサーチすることがあるようですね。市でできることは、バス関連と、島の空き家の状況ですね。さっそく調べてみます。森永会長」

「あ、はい」

河野にいきなり声をかけられた会長が、教室で先生に当てられた小学生みたいな返事をしたので、みんな笑った。その状態を見て、河野の頰も緩んだ。

「その、道風先生がお住まいの家も、どういう状況でそうなったかわかりますか？　もしくはうちの職員でしたら、私から聞いてみますが、お差し支えなければ」

「ああ、はい、そうしていただけるとありがたいでございますよ。水道局の雪下言います」

「あら、雪下さん、存じてます。聞いてみます」

森永に雪下。ますます牛乳屋っぽい、と英里子は思いながら、ついさっきまでバリバリの役人だった河野がめきめきとアクティブになって行く姿を目撃していた。そしてその様子は、商店街の人たちにも伝わっているようだった。すぐにジジョ、ジジョ、と逃げる、とそれまで河野を批判していた側が、ついに、自分たちこそが何かせねばと思い始めているように見えた。〝自助〟がすべての始まりであることに気づいたのかもしれない。

「それじゃ、わたくし藤木は、今日出ました三つ目の『ファッションゾーン』のさらなるリサーチを進めます。心強い相棒、安岡さんがいますから。どなたかこのチームに加わる方は？」

英里子は挙手を募る。自転車屋の娘が、はいっ、と勢いよく手を挙げた。

「わたしは歴史チームに所属したいわ、どうやろ」

楽器店の女主人は、おそるおそる手を挙げてから立ち上がった。

「いま、三つの柱、ゆんかな、できたやないですか。食と歴史とファッション？　その三つのチームにここにおる人、みんな分かれたらどうやろか。自分の得意分野、ゆうんかな。わたし、歴史が得意なわけではないんやけど、興味はあるんやわ。いま、ここにおるだけで何人おる？　三十人はおるかなあ。この大人数で全部のこと話しよったらなかなか進まんのとちゃう？」

さすがやわ、と英里子の口から思わず言葉が漏れた。上品な物言いの奥さんの姿に感動すら覚えた。最初は一言も声を上げなかった人たちから、いくらでも意見が出てくるようになった。それも、すこぶる前向きだ。

「ほなわしは鶏じゃ」

ゴン太ラーメンが、最初に野太い声で言い放ったのが、結果的にその意見を肯定する発言になった。笑いが漏れ、ほなわしは、ほなわたしは、と次々声が上がった。英里子はそのタイミングで、さっさと森永会長のお墨付きをもらっておこうと、

「森永会長、どうですか。三チームに分かれてこれからひとつひとつ詰める、ゆうんは」

と会長を名指しする。

どんなレベルであれ、地位のある男というものは（とりあえずここでは、商店街連合会長という一権威である）まず、立てておかないとあとになって文句を言い出すことを、英里子は約二十年のサラリーマン生活で学んでいる。ここはまだ同じ場にいるからいいが、いないところでの決定事項はすぐに、しかも、あくまでまだ決定前であり、決定するのはあなたなのだ、と思わせることが何よりも重要なのである。とくに女が言い出したことならなおさら。それははずしてはならない点なのだ。クリエイティブであろうがなかろうが、会社には学ぶべきものはあるということか。

参加者が全員、会長に視線を投じた。この会のトップであることを強く意識したであろう森永会長に、そこでノーと言える勇気はなかっただろう。

「そやの、それはええの」

と一拍置いて、さも、自分が決定したかのように厳かに言った。

その一言で決まった。

ファッションゾーンチームには、たくさん人が集まったので、英里子は鶏チームに〝移籍〟することになった。実際、ファッションより食べ物の方が自分には合っている気がした。最も愛するものに関われることが何より幸せなのだ。同じチームのメンバーであるゴン太ラーメンとだって、英里子はもう平気だ。

そろそろ会合がお開きになりそうな頃になって、田嶋が遅れて来た。浮かした腰を再びおろすことになって面倒臭がっていた人たちも、田嶋の報告に狂喜することになる。来年の二月、Jリーグのオフシーズンを利用して、カメヤマーレ瀬戸内のホームスタジアムで〝Jリーグ祭り〟の開催が決まったのだ。イベントの目玉は、カメヤマーレとJリーグOBによるフレンドリーマッチで、英里子でさえ聞いたことのある往年のスター選手が何人も来亀するというのだった。彼らを講師に、子供向けのサッカー教室も開催する。みんな歓声を上げたが、田嶋はそんな空気を打ち消すように、クールに言い放った。

「すでにお気づきのことと思いますが、フレンドリーマッチは、なんら亀山商店街の活性化につながるものではありません。ここからが重要なことです。かめやま鶏さんの協賛で、鶏ツアーを計画中です」

みんなぽかんとして田嶋の話を聞いている。

「ミヤショーとはこの件についてかなり話しました。そして最終的に、こちらの趣旨をわかってもらえました。つまり、ミヤショーが激賞するかめやま鶏のある亀山商店街を活性化することに一役買ってくれることになったんです。ここまで直結するにはもちろんいろんな手を使いました。はは、僕も何本骨付鶏を食べたかわかりません。まずは売り込む方が好きにならないと、ですからね」

田嶋が一気にそう言って、英里子をちらっと見てから一息ついた。それを待っていたかのように、例のガラガラ声でゴン太ラーメンが勢い込んで言った。

「で、何してくれるんな。ミヤショーは」

確か、ゴン太はサッカーより野球が好きだ（それでもミヤショーのことは知っていた）。いやおそらくこの地方では、圧倒的に野球なのだ。田嶋が想定内であるかのように頷いて続ける。

「ミヤショーの方にも我々への期待があります。野球王国である四国にサッカーをもっと根付かせることです。それでこそビジネスです。たったいま、決まったところです。かめやま鶏が、カメヤマーレとスポンサー契約を結びました。それで遅くなりました」

おー。さらに大きな声が上がった。

「かめやま鶏ってそういう広告は出さん方針ちゃうかった？」

と自転車屋のおばさんが言った。田嶋が、そのとおりとばかりに頷いて、

「かめやま鶏さん、ミヤショーが骨付鶏を気に入ってくれたことが何より嬉しかったみ

たいです。そうそう、創業者のお孫さんがミヤショーの大ファンで、それも影響したかな。それと、大きくこのミヤショープロジェクトに貢献してくれたのは、実はミヤショーが誰かも知らなかった……」

そう言って、田嶋は英里子を見た。田嶋がそんなことを言い出すとは思っていなかった。

一週間前のことだ。父の病院にいて、そろそろ帰ろうかというときだった。田嶋の電話を受けた。

「いま、出てこられる？」

と田嶋は言った。ぜひ来てほしいと言外にほのめかしていた。

「いまから、かめやま鶏に行くことになったんだ。ミヤショーと。あなたも一緒に来て。頼む。実は一回も食ったことないんだ、俺。まさかこういう展開になろうとは、なんだよ」

田嶋は早口でちょっと笑いながら言った。かなり急いでいるらしい。その中し出を英里子が断るわけがない。パブロフの犬のごとく、すでに英里子は喉の渇きを覚えていた。パリパリに焼けた飴色の皮と、その下のふくよかなもも肉の食感が、英里子の脳を刺激していたのだ。

その三十分後、英里子はかめやま鶏の二階の座敷で、田嶋とミヤショーと、ミヤショーを銀馬車に連れてきたカメヤマーレの役員、亀山市長、お付きの広報部長とで、想像していたとおりの骨付鶏にかぶりついていた。テーブルにはもう一人いた。かめやま鶏の創業者、いまの会長だ。

英里子は、ミヤショーよりもむしろ、創業者に会えたことに興奮していた。

「よくぞ、この味を作ってくださいました。私、この味があったから、亀山に帰って来られたんだと思います」

そのときまで思ってもみなかったことを、会長の前で言ってしまった。帰って来たのは家庭の事情だが、それでも、この味がこの街に残っていて、いやそれどころか他の土地から来た人たちにも愛されていることを知って、本当に嬉しかったのだ。

あとで田嶋から聞いたが、そうやって会長に熱い眼差しを送っていた英里子を、ミヤショーはとても面白そうに観察していたそうだ。サッカー界のレジェンドがいるのに、八十は超えている老人に見とれている女はよほど珍しかったのだろう。銀馬車に続いて、英里子はミヤショーをコケにしてしまったわけだ。

ミヤショーはまたしてもこの味を絶賛し、英里子と同様、それは美味しそうに親鳥とひな鳥の足を一本ずつ平らげた。もちろんビール付きで。呆れたことに、英里子のサッカーへの知識は相変わらず増えてはいなかったので、同じ骨付鶏を愛する同志として純粋にミヤショーと向かい合ったことが、かえって好感を与えたのかもしれない。ただただ二人で、その味を深く味わい、分析し、鶏が焼けるまでの時間に食べておくべきあて、についての考察まで始めたのだから。田嶋からは、実はあまり歯がよくなくてこれほどまでにミヤショーにつきあえなかっただろうから、ほんとに英里子さんにいてもらってよかった、と感謝された。

それが直接の原因だったかはともかく、会長にミヤショーのかめやま鶏への愛は伝わり、スポンサー契約がまとまった、と田嶋は言いたいのだろう。もちろんそのときの会合は、スポンサー契約だけが目的ではなく、亀山市、かめやま鶏、カメヤマーレの三者、つまり3Kが、今後、ともに知名度を上げ、亀山市を訪れる観光客増にもつながり、そして最終的な田嶋の目的である、亀山商店街の活性化に貢献する、というものだった。そしてまずは、スポンサー契約がまとまったのである。

「藤木さんなんです。藤木さんのおかげで、ミヤショーもかめやま鶏の会長も懐柔できた」

田嶋はそんなことを言って英里子を持ち上げた。ほおーという声が上がって、また拍手が起こる。

「やめてください。私、ほんとにただ、骨付鶏を美味しい美味しいって食べてただけなんですから。ミヤショーさんと」

英里子が照れ隠しに弁解すると、また、誰かが、「ミヤショーさん」と繰り返し、笑いが起こった。そういえば、ミヤショー本人にもずっとそう呼びかけていたような気もする。

「やっぱりな、藤木さんやからできたことや。亀山市で産湯を使い、亀山城を仰ぎ見て、亀山の米と鶏を食うて育って大きゅうなった。東京で見聞を広めて、ほんでいま戻ってきてくれとる。ほんま、亀山商店街の復興はあんたの細腕にかかっとんやで」

森永会長がそう言って締める。持ち上げられすぎて、恥ずかしくて、その場を逃げ出したくなる。それより英里子は、みんな一人一人が動き出したのよ、と言いたい気持ちだ。それが今少しずつ果実になろうとしているんじゃないか。恥ずかしくて伏せていた目を上げると、その視線の先に安岡がいた。目が合った途端に彼は、右手で小さくガッツポーズを作った。もう帰ってしまったのか、河野の姿は見えなかった。そうそうその調子、〝自助〟の次は〝共助〟だからね、と、さらにハッパをかけようとしている姿が見えたような気がした。

そこからは、軍師・田嶋の腕のみせどころだった。彼のかつての広範なコネクションが物を言い始めた。かめやま鶏がカメヤマーレのスポンサーになっただけでは弱いことを田嶋はわかっていた。鶏ストリートにつなげなければ、三つの構想が生きてこない。そこで田嶋は手を打った。

英里子、ゴン太ラーメンを含む五名の鶏チームによる点取り表をメンバーで分析し、さらにコミュニティーバスの停留所とも合致できるように調整して、鶏ストリートに加盟する店をとりあえず十五店選んだ。そして、まずは来年のJリーグ祭りのとき来亀したスター選手たちを、ミヤショーが案内するというツアーを企画した。そしてこのために、バスの臨時便を出すことを目標にした。その「夢のツアー」に同伴できるチケットを抽選で販売する。それをまたメディア展開する。そこは再び、麻由に活躍してもらわねばならない。かめやま鶏の会長との懇談は、ここでも効いた。骨付鶏で一人勝ちしているかめやま鶏は、亀山市全体が骨付鶏の街として認知されるのは嬉しいことだと、鶏ストリート構想に快く賛成、太っ腹なところを見せた。コミュニティーバスで繋がれた十五店舗も、これを機にやる気を出してきたのだ。

そのために、田嶋は地道に銀行回りも続け、地域振興を掲げて協賛金を募っていた。店舗向けの少額の融資も、地域銀行が担うようにした。その融資を店内改装費や広告費などに使い、各店は競って店を充実させていった。もちろん市の協賛もとり、少しだが予算を回してもらうことに成功した。キャッチフレーズとゆるキャラも作った。田嶋の意見は、公募すると時間も労力もかかる割に成果物は大したことない例が多いから、すでに自治体キャラ製作で人気のあったデザイナーに発注するというものだった。デザイナーの候補は何人か持っている、と話を進めようとしたが、それに勝田が反対した。

「それはいかん。ゆるキャラは、地域が一体感を保つための起爆剤や。市役所も頑張るはずや。それに地域の誰かの案が選ばれたら、絶対盛り上がる」

と熱く語り、その主張は、逆に田嶋を感動させることとなった。結局、全国公募して、千点近くが集まり、ネットも加えた投票で、ちょっと間抜けな骨付鶏キャラが出来上がった。結果として大成功だった。

そのすべてをつぶさに見ていたわけではないが、英里子は田嶋の力技に驚いてばかりだった。それこそ新参者で、都会からの闖入者でもある田嶋が、周りも見事に巻き込んでいった。やっぱりこの人は、バリバリの出世コースの人だったのだ。それをたまに言ってからかうと、田嶋は表面上は嫌な顔をする。でも英里子には、どこか嬉しそうに見える。本社で、ニューヨークで、香港で、この人はどんな顔をして仕事をしていたんだろうと思う。でもきっとそのときより、田嶋はいい顔をしているはずだ。絶対そうだ。それが証拠に、多忙になっても田嶋は二日続けてラジオ体操を休むことはなかった。二日に一度は、健康的な笑顔を英里子にみせてくれた。

「ファッションゾーン」のリーダー、安岡も頑張っていた。

商店街でシャッターが降りていた二店舗にコンタクトをとり、おしゃれ地区構想を熱く語ったようだ。安岡が高校時代影響を受けた「アカシア」という若者向け衣料の店は、郊外のショッピングモールで二代目が営業を続けており、隠居している初代が安岡兄弟をよく覚えていたそうだ。おっちゃんの目がそのとき潤んでたんや、と安岡は自分も目を潤ませて英里子に語った。初代は商店街の寂れた状態には諦観しつつも、心を痛めていたそうだ。安岡はその時代、アカシアの服がどれだけの若いもんの服飾史を育てたことか、と持ち上げた。蓄えはあるし、店舗も人手に渡ってない、脈はあるで、と報告する安岡の目はきらきらしている。

「それ、記者会見したらどうかな」

と田嶋にアドバイスされた。

「記者会見？　え？　安岡さんが？」

「ははは、何言ってんの。市がだよ。市はJリーグ祭りの記者会見するよね、そのとき『亀山復興商店街』とか銘打って、三つの構想をぶちあげるんですよ。そしたらテレビも来る。少しでも流れれば、空き店舗目指してやってくる業者がいるかもしれない」

なるほど。英里子は軍師のアイデアに感服した。そして、すぐに勝田、河野に声をかけて、記者会見に組み込んでもらうよう依頼する。勝田には、じゃあ、藤木さん、マニフェスト作ってよ、と言われてしまった。頼む、藤木さんがいちばんうまいこと書ける、とおだてられ、英里子は三日かかって、草案を作った。

亀山商店街　復興マニフェスト（案）

作成：藤木英里子

国の重要文化財である亀山城を市の中央に抱くさぬき亀山市は、城下町として発展してきた街であると同時に、昭和の高度成長期以降、駅前に広がった四本のアーケード街で構成される商店街とともにその名を高めていった街でもあります。買い物客に愛されたその商店街が、全国の多くの市町村が抱える「シャッター通り」の名をほしいままにしてから長い年月が流れています。このたびの「Jリーグ祭り」の開催を機に、私たち商店主は、この状態を打破すべく、三つの構想をたてました。これからの三年間を目標に、ひとつひとつ、急ぎながら、しかし焦らず、実現していきます。その三つの構想をご紹介します。

一、食文化の魅力――鶏ストリート

カメヤマーレ瀬戸内監督、ミヤショーこと宮里翔司氏の胃袋を虜にした骨付鶏の名店が、亀山商店街にはあります。そしてこの店だけでなく、もともと亀山は養鶏業が盛んで、貴重なタンパク源として古くから鶏肉を食してきた文化を有しています。「鶏ストリート」は、ミヤショー一押しの名店から出発して、さまざまな、少しずつ違う骨付鶏の味を楽しむ食の旅です。選りすぐりの十五店を巡回する市内バスも、このJリーグ祭りに合わせて臨時で運行します。

二、歴史の街の魅力――歴史ロード

言わずと知れた重文・亀山城をはじめ、亀山市には百二十四件の国・県・市などの指定文化財が散らばっていることをご存知ですか？

　南北に広がる亀山市、南部には丘陵が広がり、その尾根に古墳群が点在しているのです。その北部に、城と城下町が形成され、さらに、市の最も北部、塩飽《しわく》諸島は、多くの仏塔や建物などがあり、文化財の宝庫です。その間をつなぐ商店街で人が買い物をし、休憩し、集う場所を整備します。車でお越しの皆様に便利な駐車場も準備します。

　これらを私たちはまず市民に、そして他県からの人たちに見てもらいたいのです。そのため、点で存在していたものを、バスという線でつなぎます。地域を知ること、それは、歴史を学ぶことでもあります。

三、ここにしかない、個性的でおしゃれな街――ファッションゾーン

　四本の通りが交差し合う商店街、かつてはそこに多くの店舗がありました。そして実はそこに、昭和四十～五十年代、おしゃれな空間が存在したのです。大規模ショッピングモールでの、安価大量ショッピングや通販など、地方都市で一般化して久しい昨今ですが、ほんとうはもっときめ細かいショッピングを、若者たちは求めているのではないでしょうか。

　みんながみんな安くて便利なものを買いたいのではなく、個性的なショップで、おしゃれな店員さんからアドバイスを受けながら（週末デートなんや、なに着ていったらええやろ？　などなど）、自分の目で見て、着て、選ぶ。そうやってかつての若者

たちは審美眼を養ってきたのではありませんか。そんなおしゃれ特区ができたら、若者たちはここに戻って来ないでしょうか。

買い物に疲れたら、ほっと一息、立ち寄れるカフェもある、若者たちと一緒に、そんなゆるーい時間を過ごせる商店街を取り戻したいのです。

Jリーグ祭りで亀山市を訪れるみなさん、スポーツを含む、文化的にも豊かな街、亀山を、存分に味わってください。今年から観光大使に認定された宮里氏が、アンバサダーとしてみなさまをエスコートします（ミヤショーのお祖母様は亀山出身なのです）。

地方再生が叫ばれていますが、相変わらず文化、スポーツ、食の中心は東京です。魅力的な街をそこに住む市民の力で作り上げる。そして住みやすい街にする。たくさんの人が訪れて、街が復興していく。

そんな街を、一緒に作り上げていきましょう。

「あんた、うまいな」

会長に褒められた。

「なんかそういう仕事しとったんな？」

そう聞かれて英里子は、冗談めかして、いやあ、本も読まずに読書感想文書くのは得意だったんですが、としか答えられなかった。ＭＴ化学にいた頃、一度だけ社内派遣制度で製品開発プロジェクトに関わったとき、プレゼン文書をたくさん書かされて、藤木さん、才能あるね、と褒められたことならある。今思えば、あの二年間がいちばん楽しかった。決められた仕事を正確に迅速にこなす、という毎日を過ごしていた英里子にとって、頭の中にそれまでなかったものをひねり出す、という経験は、心弾むものだった。脳がかゆくなるくらい、毎日ものを考えた。考えに考えた結果が、商品という形に結びついていくのはほんとうに面白かった。イベントの企画もやらせてもらったし、実施にもかり出された。そのままずっとやっていたかったのに、派遣期間が終われば、才能あるね、と言ってくれた製品開発セクションから慰留されるわけでもなく、また総務畑に戻った。受け入れ課にしてみれば、女性社員活用プログラムの一環にすぎず、英里子は短期間のお客さん、という扱いだったのだろう。二年間を過ごしたあとは、また、以前と同じ仕事に戻った。

辞める前の年だったか、こんなことがあった。社員あての周知事項はすべて全社員向けの一斉メールになっていたが、夏が来る前に、英里子の名前で、こんな情報を一斉配信した。

「夏に向けて、国内感染の元になる蚊の幼虫であるボウフラを駆除します。本社敷地内の側溝や水たまり・植栽の消毒を以下の日程で実施します。

件名は「ボウフラ駆除について」だった。　　　担当・総務部　藤木英里子」

当然、自分のアドレスにも流れてきたそのメールを見たとき、英里子はなんだか泣きたくなった。メールを褒めてくれた当時の上司にも、このメールは届いていると思うと、藤木英里子の名前を消してしまいたかった。もちろん、誰かがしなきゃならない。でも、自分が社員のためにボウフラの駆除をするわけでもない、その情報を一斉メールで流すだけなのだ。それが英里子の仕事なのだ。英里子が自ら選んだ仕事なのだ。

今思うことは少し違う。亀山商店街復興イベントに関わってみて、英里子にはわかったことがある。どんな仕事でも頭は使える、ということだ。脳がかゆくなるくらい、頭を使う余地はあるということだ。そうきっと、ボウフラの駆除メール送信という仕事にだって。面白いことに、会社員をやっていたときにはわからなかったことが、収入のなくなった今になってわかる。そしてやり方はいくらでもある。

現在の英里子が脳のヒダを全開にして作った「マニフェスト案」は、商店街連合の最終案として市役所に提出された。そしてそれは、Jリーグ祭りの記者会見の資料として加えてもらえることになった。コミュニティーバスの件など、市でオーソライズされていない部分は、河野課長代理がうまく根回しをして、商店街の意見としてあげてもらえることになった。河野はいつからか、こっちを向いてくれていたのだ。

「それがわからんが。あの頭の固い、上から目線の女が、なんで最近物わかりがような
ったんじゃ」

とゴン太ラーメンは不思議がるが、英里子は、偶然骨付鶏でビールを飲んだことが、河野を変えたわけではないと思っている。河野は何ら変質してはいない。変わったとすれば、それは商店街の人々なのだ。河野は、おお、よくぞ自助、共助ができるようになったわい、と今も上から目線のままかもしれない。結局は、行政の手のひらで踊っているだけかもしれないけれど、それでも英里子はよかったんだと思っている。河野に感謝したかった。

3

Jリーグ祭りは、大盛況のうちに終わった。二月の休日を利用した三日間、県内はもちろん、県外からも予想を超える人たちが亀山市に集まった。鶏ストリートがやはり人気だった。かめやま鶏にとどまらず、他の店にも客は流れた。かめやま鶏を以前から知る地元民は他店に足を延ばし、かめやま鶏は期間中、他県の客でごった返した。ミヤショーが案内して店を巡るツアーにも応募が殺到したが、最初から抽選にしてバスの座席指定までしたのが功を奏して、混乱にはいたらなかった。英里子は志願してバスのツア

コンをやった。

歴史ロードは、河野が頑張った。いくつかコースを作るのに、何日か徹夜したらしいが、もともと歴女だから、楽しくてしょうがなかったとあとから英里子は聞いた。鶏ツアーが三十代、四十代に人気があったとすると、歴史ロードへの参加者はやはり中高年が中心だった。文化協会のおじいさんたちもここぞとばかりに案内役を買って出てくれた。図書館では道風先生の歴史講演会があった。英里子は、道風と河野を引き合わせただけだが、その後うまくいったというわけだ。道風ファンの女子大生が大勢つめかけ、ボランティアで会場整理をやってくれた。相変わらず冗談まじりの歴史解説は笑いが絶えず、立ち見も出たらしい。客は商店街にも多数流れた。

直接的に商店街の活性化につながる構想だが、最も今後の踏ん張りが必要と思われたのは、ファッションゾーンだ。安岡が中心となって、シャッターを下ろした店への働きかけが行われたが、時間不足の感はあった。一年前の鍋イベントのときよりもシャッターを上げた店舗は増えたが、おしゃれ特区というイメージにはほど遠かった。ただ、安岡が口説いた、かつての安岡の〝神〟「アカシア」の初代の遊び仲間だった、喫茶店「ジャニス」の元主人が、十年前から閉じたままになっていた店を、この期間中だけ開けてくれて、置いたままにしていた六十年代、七十年代のロックのレコードをかけまくったのは、若者たちの心をつかんだようだった。一日目より二日目、さらに三日目と客は増えて行き、最後の日は入りきれないほどだったそうだ。

「その飢餓感がええんよね」

と、このときまで昔ジャニスに入り浸っていたことを口にしなかった銀馬車のママが、のちに語った。

「せっかく足を運んで来たのに、ほしいもんが手に入らんという悔しさ、そういうん、若い子知らへんからね、すぐ、スマホで手に入るし。どーかと思っとったんよ。あと、レコードの音も新鮮やったんとちゃう？」

そういえば、ＢＧＭに演歌でもかかっていそうな銀馬車だが、カラオケもなければ、音楽自体が何もかかってないことに、改めて英里子は気づいた。英里子にとって居心地がよかったのはそのせいかもしれない。

最終日、駄目元で招待状を送った麻由が来てくれたことが大きな成果を呼んだ。そもそもこのプロジェクトのきっかけは麻由が話を付けてくれたミヤショーだったのだから、本来なら来賓で招いてもいいくらいなのに、麻由は重要な客人まで連れて来てくれた。

「五嶋咲子《ごとうさきこ》さん。インテリアコーディネイトの世界では知らない人はいない有名人なんだけど、原発事故以来、東京で仕事するのが嫌になっちゃって、全部捨てて、実家の愛媛に戻っちゃったのね。で、いまは、伊方原発反対運動もやりながら、すっかり自然派志向になって、その土地の草木染めのアーティストたちとタイアップして、地方から世界へ、ってコンセプトで事業を立ち上げたの。英里ちゃんに紹介しなきゃってすぐ思ったの」

直前のメールで、麻由はこう書いていた。本人は、評判のかめやま鶏を一度食べたいというのが実は一番のモチベーションだったらしいのだが、実際に亀山に来てみて、興味を持ったのは商店街だった。そして、

「確かにいまは、残念な商店街。でも、地方を魅力的に、という趣旨に全面的に賛成します。ここにうちの店、出店させてください。空き店舗あるかしら」

と申し出てくれたのだ。いわゆるカタカナ職業、オーガニック、エコ、おしゃれ感。しかも薄っぺらいものではない。これこそ新生亀山商店街が必要としていたものだと英里子にはピンときた。安岡がかつて、背伸びしてなんとか届く大人の世界に憧れたように、そんじょそこらのショッピングモールには決してない商品を置く店であること、そして店自体の魅力も必要なのだ。五嶋咲子さんは感じのいい美人だし、名前まで素敵だった。さらに知る人ぞ知る、というのがブランドの価値を高める。「自然派志向」も売りだ。

「はい、そのお話、すぐにお答えできるようにします」

アドレスを交換したあと、麻由と五嶋さんは宿泊もせずに帰って行った。衣、食、ときて次は宿泊施設だな、と英里子にさらなる野望の光が灯った。

祭りのあとの寂しさを、一年前の鍋イベントでは感じていたのに、あのときとは明らかに違う感慨が、「Jリーグ祭り&甦《よみがえ》れ亀山商店街」後の商店街には宿っていた。まだ、途中だからだ。終わっていないからだ。それが証拠に、商店街コアメンバーの打ち上げが行われた、内輪ではかめやま鶏の次に人気のあった郊外の骨付鶏の店で、森永会長が、

「さあ、これからやで」

と言ったのだ。勝田が言うならわかる。ゴン太ラーメンも言うかもしれない。けれど、一年前の鍋イベントで、やり遂げたそのこと自体に満足しきっていた会長が、今度は自ら、まだまだ道半ばであることを認識していたのだ。そのことが、英里子には亀山商店街全体の成長のように思えてならなかった。隣では、いまや骨付鶏をぺろっと二本食べられるようになっていた田嶋が、ビールですっかり顔を赤らめて聞いていた。

「英里子さん」

その顔がこっちを向いて言った。今回のことで、エリート銀行員としての本来の姿を随所に見せていた田嶋が、仕事の面白さを思い出し、また以前の世界に戻りたくなったのでは、という不安が英里子の胸に一瞬押し寄せた。それは田嶋のためにも好ましいことではないような気がしたからだ。しかし田嶋は意外なことを言った。

「銀行入って、今年で三十年になるんだけどね。今回くらい胃が痛くならなかった仕事はないよ」

「へ？　そうなんですか？」

　そうか、楽だったのか、と、英里子は少し残念な気がしながらその言葉を聞いた。田嶋と英里子ではまるで仕事の質も量も違うだろうけれど、そういえば、英里子だって、胃の痛い思いをしたことはない。

「万事順調だった、という意味ではないよ。どんな小さな額でも協賛金を集めるのは楽じゃない。こりゃだめかと思ったことも何度もあった。けど、なんていうかさ、俺の後ろにはいつもついていた、亀山城が、みたいな？」

　最後は半疑問形で独り言のように言って、赤らめた顔を照れ隠しなのかパンパンと叩いた。

「そっか、亀山城が。田嶋さん、大好きだもんね。愛してくれてるもんね、亀山を。ほんとうにありがとうございます」

　英里子はほっとしていた。そして感謝していた。田嶋は以前の世界に戻りはしない。だって、亀山城がついているんだから。

「感謝したいのはこっちもさ。英里子さん、あなたが一緒に走ってくれたことも、嬉しかったんだよ」

　今度は、英里子の顔を見ないまま、肩をパンパンと叩く。その手の重みを、英里子は、ただひたすらに、ありがたいと感じる。今回のイベントは、田嶋がいなければ叶わなかった。いや、いま、斜め前に座っている、隣のボランティアの女子大生にビールをついでもらって脂下《やにさ》がっている安岡がいなくても、だ。いや、挨拶をするように勝田にマイクを渡されて固辞している河野紋子だって、どれだけ行政の中で商店街のために動いてくれたことだろう。

そんなことを言ったら、英里子のことをそう思ってくれる人だっているかもしれない。英里子は最後まで残しておいた骨付鶏のモモの内側にかぶりつきながら思った。でもここまで自分を押し上げたのはなんだったのだろう。父の入院から始まった日々に思いを馳せる。いやもっと前にさかのぼらなければならないか。和生に振られた、あのヘンテコな料理を出すようになった洋食屋のテーブルにまで。

和生に感謝すべきなのかな、とまで英里子は思う。人との関わりのタイミングや微妙なずれのせいで、自分はきっとここにいる。

「はいはいお待ちかね。我らが商店街の希望の星、藤木フルーツの藤木英里子さんです」

マイクが目の前に突き出されていた。その横に勝田の顔がある。河野が固辞したのでこっちに回ってきたのだろう。誰だってこういう場で、ええかっこしたくはない。河野はうまく逃げたわけだ。

お願い、という顔で頭を何度も下げる勝田を困らせるわけにもいかなかった。英里子はマイクを手にして立ち上がった。わーっと歓声が起きた。

「このたびはみなさん、お疲れ様でした」

当たり障りのない挨拶をしながら、自分はここで何をしたかったのかを考えていた。

再度、次を促すように拍手が起こる。

「わたし、このイベントを通して……」

いろいろな出来事や人の顔が頭の中をぐるぐる回っていた。

「決めました。藤木フルーツ、再開します」

そういってぺこんと頭を下げ、そのまま座った。

「おお～」

歓声と拍手が再び起きた。頭がぼおっとしていた。最後に誰の顔が浮かんだのかも覚えていなかった。顔が火照《ほて》ったように熱かった。

目を上げたとき、斜め前にいる安岡の、いつもの笑った顔が見えた。なんだかとても嬉しそうだ。英里子より嬉しそうだ。

「言っちゃったね。よし、僕が、とっておきの果物ルート情報、教えよう」

隣で田嶋が囁くように言った。英里子は彼を見て、困ったように笑った。

「えーりこちゃーん」

後ろから両肩を突然ぐいとつかまれてぎょっとする。ああ今度は道風だ。

「沖島のわしの家で夏みかんとスイカ作っとるけんな、それ横流しする」

道風はいかにも悪巧みでも持ちかけるような調子で言うのだった。

結局、桃園の誓いのメンバー、プラス軍師までもが、英里子を後押ししてくれるらしい。

なんとも心強い。

年度が変わって、亀山商店街にとって最も大きかった出来事は、三つ残っていたアーケードの順次撤去が決まったことだ。

Jリーグ祭りのあと、空き店舗への入居申し込みが続々入ることを期待した商店街連合会だったが、年度が変わって実際にシャッターが開いたのは、たったの二軒だった。それでも安岡を筆頭とするファッションチームは（特に安岡が、だが）喜んだ。衣料品店のアカシアが戻ってきたのだ。店舗は以前より小さく、京極町から一本入った路地のわかりにくい場所にあったが、それがむしろ隠れ家感をくすぐったのか、少しずつ口コミで広がり、若い子たちの姿が商店街に目に付くようになっている。もう一軒はニューカマー、麻由が紹介してくれた五嶋咲子さんの店だ。すでに昔手芸店だった店舗を借り、毎日工事の人が来てリフォームが進んでいる。時々英里子も会うことがあるが、五嶋さんは、カタカナ職業の都会人というイメージはだんだん薄れて、気軽に話のできる、でもちょっとただ者でないかっこいいオバサンになっている。それまで培った都会での心地よい生活が、田舎で花開いたと満足そうに話していた。

それにもうひとつ、朗報がある。安岡の猛アプローチにより、喫茶店ジャニスが、夏にまた、数日だけだがオープンすることが決まったのだ。初代マスターは老境に入っていたので、ロックだけでなく、その後にコレクションしたジャズやボサノバといったレコードもリクエストできるようにすると言う。若者の間にレコード人気復活というニュースも亀山市にゆっくり入って来ていた。安岡の切なる願いは、もちろん常時オープンだ。

カメヤマーレには如実な効果が出た。前期十二位という好成績だったカメヤマーレは、今年も躍進を続けていて、現時点で八位だ。観客動員数も記録更新しているし、かめやま鶏とスポンサー契約もして、ミヤショーは監督業の合間に亀山市観光大使の職務をアクティブにこなしている。さらにアカシアにも誰かが連れて行ったところ、気に入ったという噂が耳に入って来た。ファッションチーム（ミヤショー担当は自転車屋の娘らしい）では、アカシアブランドの広報マンになってくれないかと、二匹目のドジョウを狙っている。

問題は駐車場だった。商店街が栄えた六十〜七十年代から、乗用車保有率は何十倍にも増えているわけで、地元民にこの商店街を利用してもらうためには、駐車場整備がなんとしても必要だった。更地となっている場所をとりあえず駐車場にして買い物客用の駐車スペースを増やしていこうと、商店街連合会長が策を練っているところだが、

「むしろ、商店街の利用は電車で来る県外観光客じゃないかなあ」

と田嶋は言っている。だからあまり駐車スペースにこだわらなくていいと。確かに、Jリーグ祭り以来、電車で来る隣県からの客は増えていて、彼らの大半は商店街日帰りショッピングなのだ。しかしながら、まだまだそのニーズに応えられる商店が少ないのが実情だ。


Jリーグ祭りでは、アンケートを大量に作り配布した。質問に、アーケードはあった方がいいかという項目があり、その集計結果は、大方の予想に反した。ほとんどが、アーケードはない方がいい、と回答したのである。

「なんだか寂しい気がしますね」

一つ目の桶屋町アーケードが取り払われたときと同じ感慨で、英里子はまとめ役となった産業振興課の河野に感想を漏らしたが、ここを訪れた人たちはそうじゃないらしかった。

「うっとおしい」と書いた人も多かった。

「暗黒街みたい」とまで書かれていた。

アーケード自体の古さが、街を薄暗く感じさせているのかもしれない。産業振興課か

らアンケートの集計結果と提案が出され、市長の鶴の一声で、即決。残る三つのアーケードは順次、撤去されることになった。

「私にとっては子供の頃の思い出をえぐり取られるような気がするのですけど」

英里子が未練たっぷりに感想を述べると、河野は、

「それはノスタルジーにすぎません。新しく生まれ変わるのに、これほど象徴的な変化はないですよ。思い出は心の中にとどめて、自分だけの宝物にしてはどうですか」

とテレビドラマのヒロインみたいにかっこ良く言われて、英里子も納得するしかなかった。

そして今月、藤木フルーツのある商家町のアーケードの撤去工事が終わった。最終日、勝田と河野も来ていたので、英里子も一緒に屋根のない商家町を歩いた。取り外されると、商店の前の道路はこんなに狭かったのかと驚いた。何十年も屋根があったことなどすぐに忘れてしまうほど、どこにでもありそうなあまりにも普通の道が駅まで続いていた。

「ここ、石畳にしたいの」

河野がその道を弾むように歩きながら言った。

「今回、歴史ロードには取り上げられなかったんだけど、ここ、金比羅街道《こんぴらかいどう》の一部なのね。亀山の港に上がった参拝客は、この道を通って金比羅に向かったのよ。いくつか道

標が立ってるの知ってた？」

「あ、それは知ってました。子供の頃はそんな大事なものとは知らずに、上に登って遊んだりしてましたよ。そのうち、ベンチ置いて、テント張って、お茶飲める店でもできるといいですよね」

そう言って河野の大鞢鞑を買いながらも、英里子はこれまでと全く違う風景に、ノスタルジー以上のわくわく感が芽生えるのを感じた。自分たちの住居である、商店の二階にも歩行者の目がいくので、きれいにしておかなきゃと思いもした。そうそう、以前、治美が言っていたフルーツパーラーも作るなら、もっとおしゃれな空間にしないといけない。

「わしはな、もっとおっきょいこと考えとるで」

勝田が急に大きな声を出した。この商店街が全部自分の物であるかのように腕を広げて、屋根がなくなって見えるようになった空に向かって言った。

「亀山はな、城と海のある町や。その二つをつながん手はないで」

ぶらぶら歩いて、もう駅の近くまで来ていた。勝田は小走りになると、ちょっとこっち来てみて、と二人を駅前広場まで誘《いざな》う。今はどこへ行っても同じような高架の作りになってしまった駅舎は、英里子がまだ小さい頃はドーム型をしていた。東京に行ってから、明治時代に建てられた歴史的建造物だと偶然見た本で知った。子供の頃は、いい駅舎だなんて、ちっとも思っていなかった。お便所が暗くて汚くて怖かった。いまは明るくて清潔だ。ノスタルジーばかりでは新しい道に踏み出せない。河野の言葉が甦る。

「ほれ」

勝田はロータリーを見渡せる場所に置かれたベンチの上に立っていた。横に並べというので、「市議が土足で上がっちゃ駄目でしょ」と言いながら、英里子も河野もそのまま上がって、商店街の方を向いて三人並んだ。長身の勝田の長い腕が、英里子と河野の体を飛び越して斜め前に差し出される。

「なに？」

河野と同時に同じ疑問を口にした。

「どや。駅に着いた人は、まず、あの天守閣がお出迎えや」

「は？」

また、二人同時に言った。英里子は不審な顔で勝田を見上げた。勝田の目はずっと遠くを見ている。

「……あ、なるほど。うんうん、見える見える」

だしぬけに河野が言った。え？　英里子はさらに驚いて、河野を見た。英里子より背の高い二人には見えているのだろうか。英里子はベンチの上で飛び上がってみた。景色は何も変わらない。相変わらずアーケードのなくなった商家町と、まだアーケードの残っている、お世辞にもきれいとは言えない景観が目の前に広がっている。え、なんでなんで、と言いながら、英里子はもう一度河野の横顔を見た。河野の目は閉じていた。あ。

英里子もならって目を閉じた。まぶたの裏に、やがて勝田と河野が見ているであろう風景が浮かんできた。

「あ。見えた、見えた」

英里子はさらに遠くを見ようとした。違う風景が頭の中に浮かんだ。亀山駅に着く。駅を出て、南のお城側に出る。すると、左斜め前方に、標高六十メートルの山城である亀山城天守閣が見えるではないか。これまではアーケードに隠れて見えなかったのだ。それは爽快な光景だ。駅に降り立ったとき、ここには市民が誇るきれいなお城があることを、これまで気にも留めなかったことを今になって知った。もっと亀山市民であることを誇らしく思うべきだった。

「見えたんな」

勝田の声がして、英里子は目を開く。深く頷く。

「とにかくお城を隠す高い建物は取り払うで。そんでの」

勝田の長いリーチが、城から駅の方に向かってゆっくりと動く。

「お城から海までは、運河にすんのや」

「運河？」

「そうや、ウォーターフロントシティーや。お堀から水を引いて、海まで一本の運河にする。ちょうど京極町あたりの商店街は、その運河の両岸にくるわけや。運河沿いを歩いて、ショッピングやら食べ歩きやら楽しめる。海まで行ったらそこにもおっしゃれーなハーバービューじゃ」

勝田の瞳は、見たこともないくらいキラキラしていた。

「ほー。夏は川床でもしますかね。壮大な計画やねえ」

英里子はそれができたら一大観光地だわと、でもそんな風景をみたいものだと願いながら聞いた。河野が、

「勝田さん、市長になってぜひ、成し遂げてください。公約は、高い建物はぶっつぶす」

と言って、みんなで顔を見合わせた。

「もうひとつ。宿泊施設も作る。亀山に留《とど》まってもらうための」

英里子も調子に乗って言った。うん、うん、と河野が頷いてさらに付け加える。

「あと住居も。駅前に、若い人たちが住みたくなるマンション建てる」

英里子は嬉しくなる。この人はかゆいところに手が届く、と思う。

「よっしゃ、全部、公約にするで〜」

ベンチの上で、三人の大人は馬鹿みたいに大笑いした。

夢は見なければ夢でさえない。三人は同じ夢を見た。

それだけで今は十分な気がする。


英里子も〝公約〟を果たさねばならなかった。透析を始めて二年になる父は、随分弱りはしたものの、そういう状態にも慣れて、最近は英里子ともよく話をすることができていた。商家町のアーケードがとれたことを報告したあと、おそるおそる切り出した。やめろと一言言うだけか、笑ってもうその話題は口にしないか、そのどちらかのような気がしていた。そもそも英里子の手に負えるものとは思っていないだろう。

「お父ちゃん、私、文学部やし、商売したことないし、ぜんぜん向かんとは思うんや、けどな、やってみたい思うん。商店街もなんとかシャッター通りから抜け出そうとしとる。これから商店街に新しい時代が来るんやわ」

血を入れ替えていくらか元気になったけれど、その代わり体力も消耗している。その父にとにかく言う。

「何言いたいんじゃ」

父は思わぬしっかりとした声で、今にも閉じてしまいそうな目を開けて言った。それでも口角は緩んでいるようにも見える。

「ほやきん、わたし、無理かもしれんけど……やりたいんや。お父ちゃんとお母ちゃんの店。藤木フルーツ」

思い切って言った。二十年も前に、東京の大学行くきん、と宣言したときより、自分の意志をしっかりと伝えたいという思いを込めて。いつものように母もベッドの向こう側にいる。母には、父のいるところで話そうと思っていた。母も英里子を見たが、音楽でも聞くように、体を揺すっている。

父の口角が少しずつ上がって、顔全体が優しくなった。許されるのか、と一瞬思った。

「もうわしは家には帰れん」

父はさらにしっかりとした口調で言った。

「そんなことわからんわ。帰れる帰れる。また三人で暮らそ」

父の言うとおりなのに、そんな風に答えた。言葉に力がなかった。だって藤木フルーツがたとえ再オープンしたとしても、もう父は帰って来られないのだから。それを見透かしたかのように、父は続けた。

「やったらええ。全部教える」

なんてすごい人なんだろうと英里子は感激した。何も言わなくたって、父という存在は娘のことをわかってくれていたのだ。泣きそうになって英里子は父の目を見つめた。

すると父は、

「商店街の打ち上げで宣言したんじゃろ。魚幸《うおさち》の幸雄《さちお》に聞いた」

と、こともなげに言うのだ。

魚幸の幸雄というのは、港町で魚屋をやっている父の幼なじみだ。もう随分前に息子に代替わりしているが、打ち上げには息子の代理で確かに来ていた。何度か病院で会ったこともある。よくお見舞いに来てくれているのだ。

気づくと母が楽しそうに笑っている。

「ははは、英里ちゃん、だまされただまされた」

英里子はこの夫婦に最初からからかわれていたような気がして、力が抜けた。父は幼なじみから娘が継ぐと聞いて、どう思ったのか。

「英里ちゃんが東京出て行くとき、お父ちゃんが店先で何ゆうたか覚えとる？」

母が突然話題を変えたので、英里子はまた驚いた。その驚き以上に、二十何年も前のその日、父が店先で何を言ったかなんて、英里子は何一つ覚えていないことに衝撃を受けた。この小さな世界から、この小さな街の小さな果物屋から抜け出した日のことが、まるで鮮明さを伴わない。英里子は首を小さく横に振るしかなかった。父を見ると、すでに眠っているみたいに目を閉じていた。そんな照れくさいことでも言ったのだろうか。

「なあ、お父ちゃん」

眠ったふりをしたのかもしれない父の体を、母はつんつんと突いた。けれども父は起きなかった。ほんとうに眠ってしまったのかもしれない。

「私は英里ちゃんを駅まで送って行ったんやけど、お父ちゃんは来んかった。店も空けられんし。ほんで言うたんよ。戻っても戻らんでもええから、好きなこと全部して来い」

英里子はずっと昔のその日のことを思い浮かべようとした。段ボール箱をトラックの荷台からおろしている父の横をすり抜け、英里子は出て行った。父の顔を見るのが辛かった。はたして東京で好きなことは全部できたんだろうか。あのときちゃんと父の言葉を聞いていれば、しんどくても頑張れたかもしれないのに。あのとき以来、ここへ戻りたくなったのは最後の一回だけだった。だから、戻って来た。戻って来られた。

「お父ちゃん……」

父はもう眠っていた。元気な時間はあまり長くは続かないのだ。いつの間にか、父の方がずっとしんどくなっていたのだ。

道風と安岡と、初めて会ったその日に、商店街を駆け抜け、ここを復興させるんだと決めた。そのことを確か翌日、父に話した。いや、復興するだけじゃなくて、藤木フルーツを再開させると言ったのだった。父は、今みたいに眠っているような顔で言った。いつでも戻ってこいよ、と。

「ごめん、好きなこと全部できんかった。ほんだけど、戻ってきてしもたわ……」

英里子は聞こえているかどうかわからない父に、苦笑いしながら囁くように言った。

「喜んどるよ、お父ちゃん」

母がそう言って父の額をなでた。父と母の元に、英里子はようやく戻って来られたのだ。

4

そのときから英里子は家の中の帳簿から何からひっくり返して勉強した。少し前まで、藤木フルーツで働いていた三代目兄ちゃんにも連絡を取り、これまでの経営状況を詳しく聞いた。簡単なことではないとわかっていた。でも父は喜んでくれると信じた。これから先のことも全くわからないけれど、屋根のとれた商店街で新しい店を始める。商店街の人たちと約束したし。

男手がないとどうしても市場に仕入れに行くのは難しいから、と田嶋が興味深い入荷ルートを教えてくれた。市場を介さず、生産地から直接入荷する方法である。

「もちろんそんな急に参入はできないけど、僕からちょっと話してみる」

と田嶋は言ってくれて、果樹園主の佐伯《さえき》という男に紹介してもらえた。彼は電話口であっさりと言った。

「亀山商店街の藤木フルーツさん、名前は知ってるよ。そうか、商店街復興のために娘さんが頑張るんだ。はい、うちでよかったら、入れさせてもらいますよ」

　あとで聞いたことだが、佐伯は田嶋が本社勤務のころ、異業種交流で知り合った元商社マンだった。役員と喧嘩《けんか》して出世コースから外れ、十二年前、ついに頭に来て辞表を叩き付けて辞め、妻の実家だった香川の農園で一から修業して、別の場所に新しく農園を立ち上げたんだそうだ。食料品担当だった商社時代に培ったコネクションで、果物屋ネットワークを作り、高価でも品質のいいものを売る、という趣旨に賛同する小売り業者に、直接契約で卸している。

「ほら、都会のデパートでびっくりするような値で売られているでしょう。あの品質のものを三分の一の値段で店頭に並ぶようにします。地方だからできることです。需要はあります。藤木フルーツさんはこれまで贈答を扱っていたようだから、そこへ、少し値は張ってもワンランク上のものを入れるようにできれば、ペイ可能だと思います。そのためにはまず店の信用、藤木さんのフルーツは間違いない、という信用を取り付ける。そうすれば女の細腕でも回っていくかもしれません」

　保証はできませんが、と最後に佐伯はつけ加えたが、それでも彼の言葉は心強かった。まずはこれまで藤木フルーツが納品していたホテルやセレモニー会館に、贈答品としての佐伯果樹園の果物を試食してもらった。しばらくはこれまでと同価格で様子を見ることが決まった。

　英里子が始動したことを聞きつけて（銀馬車でだが）、道風も参入してきた。これまではＪＡに入れていた沖島の畑で作っているスイカと夏みかんを、入荷してくれることになった。道風が福島の農家出身というのは嘘ではなかった。スイカの栽培には一家言あるそうだ。

「まあ、収穫は一定せんので、そこはごめんね」

というので、店頭で、買い物客に安価で売る商品として扱わせてもらうことにした。

再オープンは七月一日となった。夏のフルーツが次から次へと出てくる季節の到来でもあり、その日は商店街の最後のアーケード、京極町の屋根が撤去される日で、セレモニーが行われることになっていた。商店街連合の人たちも、お祝いにきてくれることになった。

その準備で忙しくしているところへ、ひょっこり現れたのが、治美だった。

「英里ちゃん、おめでとう。すごいな、ようやったわ。お父ちゃんとさっき会《お》うてきた。喜んどったで」

治美がまさかいまもお見舞いに行ってくれているとは思わなかった。

「ありがとう、治美ちゃん」

治美は不満そうな顔をしてみせた。再オープンすることを話してなかったのを思い出して謝ろうとすると、治美は、

「英里ちゃん、なんか忘れてない？　うち、ゆうたやろ？　ここで働かせてって」

「え？」

「ここで働かせゆうたやん。自立するために」

「うん、聞いた。ほやけど、人を雇うんはまだ無理や」

「あたりまえや。お金もらうなんて思とらん」

治美の不満顔が冗談ではなくなる。

「そんなわけには……」

「パーラー開くんや、あそこで」

治美は、藤木フルーツの二階を指差す。英里子もつられて目を向ける。母と二人で暮らしていく部屋。父はもう戻ってこない部屋。ありがとう、と言おうと治美に視線を戻すと、もう笑っていた。

「な。手伝わせて。店番くらいできるで。ほんまにお金はいらん。これは、お願いや。頼む、させて。離婚、いつでもできるように頑張るんや」

友人に離婚できるように頑張る、と笑いながら言われて、断るなんてことが英里子にはできなかった。ほんとうは嬉しかったし、ありがたかった。

「ありがとう。ほんとに嬉しい。でもほんとに気持ちだけで……」

そう言いかけると、治美はまた本気で怒る。

「ああ、やめてやめて、怖いきん。わかったわ、治美ちゃん」

つかみかからんばかりになっていた治美を、英里子は押し戻す。そして父のことを思い出した。治美と父が、英里子の、もしかしたら母も知らないところで、気持ちを行き来させていたことを思い出したのだ。父が治美に再オープンの話をしていたことも、父からのメッセージと受け止めればいいのではないか。

「いつか必ず、お給料出せるようにする。それ目標に頑張る」

「うん、そうしよ。あたしやって自立せないかんもん」

こうして治美は、再オープンする藤木フルーツの従業員一号となった。

西の空が少しずつ赤く染まってきた。今日は午前中で雨がやみ、明日は梅雨の晴れ間に恵まれそうだ。藤木フルーツ店内の掃除も終え、商品チェックも済ませ、あとはシャッターを閉めるだけだ。今日もずっと手伝ってくれた治美が、ほな、明日な、頑張ろな、と言って、駅の駐車場に向かって歩いて行くのを、英里子はずっと見送った。百メートルくらい行ったところで、治美は男とすれ違い、その男を振り返ってしばらく追うのが英里子からも見えた。そのとき初めて英里子は男の方に視線を移し、見たことのある風貌だと思った。スマホを片手に、男がさらに五十メートル近づいてきたとき、それが誰かがやっとわかった。

和生だった。

和生の方は、その前から英里子に気づいていたのかもしれなかった。どんどん近づいてくる和生の視線は、それからずっと英里子を見つめていた。

藤木フルーツの正面で和生は立ち止まった。

「なんで？」

そう言うしかなかった。

「ごめん、急に。……会いに来た」

そう言われても困る。

「ごめん」

和生はもう一度言った。少し太っただろうか。あごの線が心なしか緩くなったように思える。そうか、もうパパなのか。そう思ったら、なんだかどうでもよくなった。だから率直に言った。

「太った？」

「あ、やっぱりわかる？　三キロ太った。英里子さんは……変わらないね。すごく、元気そうだ」

「うん、元気だもん。見て、藤木フルーツ、うちの店。明日、再オープンするの」

「へえ、お父さん、退院したんだ？　よかった」

和生の顔がぱっと明るくなる。ようやく話題が見つかったのが嬉しいのかなあと思い、いや、和生は本当に父の心配をしてくれているのだと思い直す。優しい子なのだ。

「ううん、父はまだ入院中。私がやるの」

「え？」

探りながらいろいろ話すのも面倒だった。いったい何のために元恋人の実家を訪ねてきたのか、さっさと聞いた方がいい。

「どうしたの？　家庭内がうまくいってないから昔の女に会いにきたとか、そういうんじゃないよね」

いくらアラフォーなんて呼び方をしても、女も四十を過ぎるとこんな物言いのできる生き物になるというだけだ。いつの間にかとうの立った女になったもんだと英里子は自分でおかしかった。八月がくれば英里子も四十二だ。仕方ない。

和生は虚を突かれたような顔になった。そしてそのあと、二年前なら無条件に許していたかもしれない、顔全体がくしゃくしゃになる、泣いているのか笑っているのかわからない動物っぽい顔になる。ああきっと彼は、こうやって単刀直入に物を言う年上の恋人がとても好きだったのだろうなあ、と英里子は少々、調子に乗って思う。

「英里子さん、会いたかった。やっぱり僕は、英里子さんにいてほしいんだと思う」

ああ、和生も言いたいことを言ってしまった。これからどうするつもりなんだろ、和生も自分も、と英里子はぼんやりと思う。ぼんやり思ったあとにすぐ、今の自分にとって何が何でも優先することは決まっている、と確信する。

明日は藤木フルーツの再オープンの日、これに勝ることは今何もない。たとえ、トニー・レオンにかしずかれて、「君の行くところならどこでも」と口説かれても、それはない。

「ここに帰って二年と三か月、いろんな人に支えられてここまで来られた。でも、その人たちのためでも、家のためでも、父のためでもない。やっぱり自分のためかな。社会人一年生みたいなもんよ。応援してよ」

いまではトニー・レオンほどの魅力はない和生に、笑顔で話しかけた。しょせん、人の夫だ。

「そりゃ、応援するよ」

「オッケー。じゃあ、ここで働いて。給料は出せない。ボランティア。男手必要。できる？」

絶対にのむことのない要求を押し付ける。どんどん彼を追いつめている気がする。和生に比べて、自分はなんと悪い性格をしているんだろうと思う。

「無理だよね。和生くん、横浜生まれだしね。あたし、やっぱり田舎が合ってたのかも。しょせん、田舎のねーちゃんなんよ。だから、毎日楽しい。東京にいたときより」

これ以上言わせないで。英里子は心からそう願って言う。

和生が口を開いた。

「好きな人、できた？」

そうきたか。陳腐だなあ。きっとこの男は追《こ》いつめられてる。でも、いま手を差し伸べることはできない。今の自分は、この昔の恋人より藤木フルーツ。トニー・レオンより藤木フルーツ。

「いる、って答えた方が気が楽ならそう言うけど？」

意地悪な言い方だなあと思いながらも、英里子は真剣に和生の目を見ながら尋ねる。

「いや……、本当のことを言って」

「わかった。特別に好きな人はいない。けど、好きな人たちに囲まれて生活してる。これからその中にそういう人ができるかもわかんない。そうとしか言えない」

誰のことも思い浮かべずに、英里子は言った。空がよりいっそう赤味を増してきていた。亀山城の上からなら美しい夕焼けが堪能できるだろう。

「よくわかったよ……急にやってきたりしてごめん。亀山市初めてだから、どこへ行ったらいいかな、これから」

「ちょっと待って」

英里子は、店の中から、Jリーグ祭りで作った「さぬき亀山市観光マップ」を持って出て来た。

「いまから大急ぎで亀山城に登って夕日を楽しんで。そして夜はぜひ骨付鶏を。このマップに亀山の魅力が全部書いてあるから。商店街のみんなで作ったの。ぜひ、楽しんで。ごめん、今日は前夜祭でみんなと飲むことになっていて、おつきあいできないの。……あ、それとも一緒に行く？」

「ううん、ありがとう。いろいろ教えてくれてありがとう。まずはお城、行ってみる」

和生は泣きそうな顔になっていたかもしれない。でも夕日を背にして、よく見えなかった。

「じゃあ、元気で」

「うん、英里子さんも」

和生は地図を見てから、亀山城に向かって歩き始めた。十数歩歩いてから、あ、振り返る、と思ったら、やっぱり振り返った。そしておそらく、二人でつきあってきた時間を慈しむように、またクシャっとした泣き笑い顔になって言った。

「英里子さん、変わったね。東京にいた頃より、素敵になった」

和生のその顔を目に焼き付けた。最後の、最高のプレゼントだと、英里子は思った。

参考資料：丸亀の文化財（丸亀市教育委員会総務課編）
丸亀名物骨付鳥大百科（丸亀市編）

本書は、集英社文庫のために書き下ろされた作品です。

集英社文庫

シャッター通《どお》りに陽《ひ》が昇《のぼ》る

2015年12月25日　第1刷　　定価はカバーに表示してあります。

著　者　広谷鏡子《ひろたにきょうこ》

発行者　村田登志江

発行所　株式会社　集英社
東京都千代田区一ツ橋2-5-10　〒101-8050
電話　【編集部】03-3230-6095
【読者係】03-3230-6080
【販売部】03-3230-6393（書店専用）

印　刷　株式会社 廣済堂

製　本　株式会社 廣済堂

フォーマットデザイン　アリヤマデザインストア　　マークデザイン　居山浩二

ISBN978-4-08-745399-7 C0193